5分で
ゾッとする結末
世にもこわい博物館
黒史郎
講談社

開館のご挨拶《あいさつ》

本日はご来館いただき、まことにありがとうございます。

当館は、さる御方《おかた》のコレクションを展示《てんじ》する博物館となっております。

ご覧《らん》にいれますのはいずれも、この世にたった一つしかない貴重《きちょう》なものです。

ただ当館には、美術的《びじゅってき》な価値《かち》や歴史的《れきしてき》に価値《かち》の高い展示《てんじ》は一切《いっさい》ございません。誤解《ごかい》をおそれずに申しあげますなら、多くの人にとってゴミ同然のものです。

それは、きわめて不愉快《ふゆかい》なもの。不審《ふしん》なもの。不可解《ふかかい》なもの。

誰《だれ》かが、落としたもの、失《な》くしたもの、壊《こわ》したもの、壊《こわ》されたもの。

そして、すべての人間が、忘《わす》れさりたいもの。

これからお客様がご覧《らん》になるのは、漆黒《しっこく》の歴史《れきし》から生み出された負の財宝《ざいほう》の数々。そのすべてに、不運、不幸、理不尽《りふじん》、絶望《ぜつぼう》、残酷《ざんこく》と、様々な闇色《やみいろ》の物語があります。

どの物語にも、ハッピーエンドはございません。当館にお越《こ》しいただいた多くの人々はこういいます。

——悪趣味《あくしゅみ》だと。

そういった内容《ないよう》ゆえ、観覧中《かんらんちゅう》にお気分を悪くされる方も少なくありません。ご体調やお心がすぐれない際《さい》は、わたくしへお気軽にお声がけください。

どうか、ご無理だけはなさいませんように。ご無理をなさった結果、何が起きても、当館では責任《せきにん》を一切《いっさい》負いかねますのでご了承《りょうしょう》ください。

申《もう》し遅《おく》れました。わたくしは当館の案内をさせていただきます、〈スマイル〉と申します。

なぜ、〈笑い《スマイル》〉なのか——で、ございますか？

それは案内人として、どんなに不幸で、残酷《ざんこく》で、絶望的《ぜつぼうてき》なご案内をする時でも、笑顔《えがお》でいられるようにとの思いからなのです。

そのために自らつけた名と、仮面《かめん》なのです。

ですが、笑いにもいろいろあります。

微笑《びしょう》、爆笑《ばくしょう》、嘲笑《ちょうしょう》、苦笑《くしょう》、失笑《しっしょう》——。

想像《そうぞう》してください。この仮面《かめん》の下に、今どんな笑いが浮《う》かんでいるのかを。

では、あらためてお客様を歓迎《かんげい》いたします。

ようこそ。

〈悪趣味《あくしゅみ》ミュージアム〉へ。

もくじ

AKUSYUMI MUSEUM

黒い穴《あな》

こちらの展示《てんじ》にご興味《きょうみ》が？

さすが、お目が高い。

こちらはオーナーが特にお気に召《め》されているコレクションです。

珍《めずら》しい形でしょう。ねじれた、細長い金属《きんぞく》の塊《かたまり》が、ふたぁつ。

これは、なんだと思いますか？

——実は、筆箱なのです。アルミ製《せい》の〈缶《かん》ペンケース〉というものです。

鉛筆《えんぴつ》や消しゴムを入れる、学生には必須《ひっす》の文房具《ぶんぼうぐ》ですね。

もともとは日本の少年が所有していたものだそうですが。

その形はもちろんデザインではなく、壊《こわ》れているんです。

ぺしゃんこに潰《つぶ》れて、ねじれて、ねじれて、ぶちっとちぎれて。

二つのアルミの塊《かたまり》になってしまったんです。

壊《こわ》れていたら、もう使えない？

ええ。もう二度と鉛筆《えんぴつ》も消しゴムも入れられません。
でも、そこがいいんです。だから、悪趣味的価値《あくしゅみてきかち》があるのです。
よくご覧《らん》になってください。この壊《こわ》れ方《かた》、
普通《ふつう》ではないでしょう？
こんなことは人の力では不可能《ふかのう》です。
かといって機械や道具を使ったわけでもない。
ならばいったい、どのような力が働いて、こうなったのか。
決して、未知の力ではありません。その力の存在《そんざい》は
ずっと昔に人類が発見しておりましたから。
どうです。もっとご興味《きょうみ》がわいたのでは？
さらに解説《かいせつ》をお求めですか？
——承知《しょうち》しました。

「おっかしいなあ、どこ行ったんだろ？」

ランドセルの中身を床《ゆか》にぶちまけ、机《つくえ》のひきだしを抜《ぬ》いてひっくり返してもみたけど、お手上げだった。

さとしは、うーんと首をひねる。

部屋の入り口では、ママが腰《こし》に手を当てて立っている。

「さっきから、何してるの？」

「缶《かん》ペンケースがないんだよ。どこに置いたかわからなくなっちゃって」

「またなの？　まったく、だらしないわね。さっきまであったんでしょ？」

「うん、あとで宿題やらなきゃだから、ドリルと一緒《いっしょ》にランドセルから出して机《つくえ》に置いたはずなんだけど……」

「なら、なんでないのよ？」

さとしはまた、うーんと唸《うな》った。本当になんでどこにもないんだろう。

ママは呆《あき》れたようにため息をついた。

「ほんとに机《つくえ》に置いたの？　間違《まちが》いない？」

「え？　う、うん……」

そういわれると自信がなくなってくる。

「勘違《かんちが》いかもよ。帰ってから自分が何をしたか、一から順に思い出してみなさい」

さとしは記憶《きおく》をさかのぼってみる。

学校から帰ってきて、まず二階に上がって自分の部屋に入ってベッドの上にランドセルをポーンと放《ほう》った。一階からママに呼《よ》ばれて、脱《ぬ》いだ靴《くつ》はきちんと並《なら》べなさいって叱《しか》られて、手を洗《あら》いなさいっていわれて、洗面所《せんめんじょ》へ行って手を洗《あら》ってトイレにも行って、また手を洗《あら》ってズボンで手を拭《ふ》きながら階段《かいだん》を上がって自分の部屋に戻《もど》ると、ベッドの上で昨日買ったマンガ雑誌《ざっし》を読んで——。

途中《とちゅう》で宿題のことを思い出して、忘《わす》れないようにとドリルと下敷《したじ》きと缶《かん》ペンケースをランドセルから出して、それから勉強机《べんきょうづくえ》の上に……。

……置いたかな？　いや、置いたよな。

だって、ドリルと下敷《したじ》きはちゃんと机《つくえ》の上にある。

机《つくえ》と壁《かべ》の隙間《すきま》に落ちてないかと覗《のぞ》き込《こ》んでみる。

何かの下に入《はい》り込《こ》んだり、挟《はさ》まったりしていないかも確《たし》かめた。

でも、缶《かん》ペンケースはどこにもない。

「どこかに落としたのかな……」

好きなアニメの絵が入ったお気に入りだった。

シャーペンも使《つか》い慣《な》れたものだし、消しゴムは最近買ったばかりだ。

「どうしよう……」

「知らないわよ、もう。さとしはいっつもそうじゃない。ママの貸《か》したハサミも、学校で配られたプリントも、お気に入りの緑色の靴下《くつした》の片《かた》っぽも、みんななくしちゃって。いったい、どこに行っちゃったのよ」

「それがわかれば、ぼくも苦労しないよ」

「なにが苦労よ。なんにも苦労なんかしてないじゃない。借りたらすぐに返すとか、使ったら元あった場所に戻《もど》すって、ちゃんとやってたらこんなことにならないはずよ?」

またため息をついて、ママは部屋を見まわす。

「とにかく、部屋でなくしたんなら、部屋のどこかにはあるはずでしょ。まったく……散らかってるから、すぐにものがなくなるのよ」

それは違《ちが》うんだよなぁ、とさとしは思った。

だって、部屋が散らかっているからものがなくなるというのなら、片付《かたづ》けた時になくなったものが出てこなくちゃいけない。

でも、ママに叱《しか》られて何度も部屋を片付《かたづ》けているけれど、一度だってなくなったものは見つかっていないのだ。


「――ってことがあってさ」

翌日《よくじつ》、学校でケンヤに話したら大笑いされた。

「それは、さとしのお母さんのいうとおりだよ」

さとしは不貞腐《ふてくさ》れたように口をとがらせる。

「笑うなよ。まあ、そりゃ、部屋は散らかってるけどさ。でも、さっきまであったものが消えちゃうなんておかしいだろ？　不思議だろ？」

「それが本当に消えてるのなら、ミステリーだけどね」

ケンヤは机《つくえ》の上で開いていた図鑑《ずかん》をぱたんと閉《と》じた。

彼《かれ》は読書好きで、いつも分厚《ぶあつ》い図鑑《ずかん》や難《むずか》しいことの書かれている本を持ち歩いている。今朝も『宇宙《うちゅう》のひみつと真相』という本を読んでいた。

「なぁ、この謎《なぞ》、解《と》いてくれよ。ケンヤは推理《すいり》小説とかも読んでるし得意《とくい》だろ」

「推理《すいり》するまでもないと思うけどなぁ。**あ、さとしの部屋に小さいブラックホールでもあるんじゃないの？** あはは」

「それって、宇宙《うちゅう》にある、なんでも吸《す》い込《こ》んじゃうって穴《あな》のこと？」

ケンヤはさっき閉《と》じた図鑑《ずかん》を開いて「これだよ」と見せてきた。

オレンジ色のドーナツのようなものがぼんやりと写った写真だ。

「なんだこれ、変なの。もっと大きくて真っ黒なものかと思ったよ」

「なにいってるんだよ、初めてブラックホールが撮《と》られた貴重《きちょう》な画像《がぞう》なんだぞ」

「今ならもっときれいに撮《と》れるだろ。最新の画像《がぞう》はないの？」

ケンヤは呆《あき》れた顔で首を横に振《ふ》った。

「あのねー、この画像《がぞう》は世界中の研究者が集まる共同プロジェクトで、二〇一九年に撮《と》られたものなんだよ。ぜんぜん古くなんかないし、最新の技術《ぎじゅつ》で撮影《さつえい》されてるんだよ」

「へぇー、でもなんかイメージと違《ちが》うなぁ」

「そもそもブラックホールって、最初に誰《だれ》かが天体望遠鏡で見つけたものじゃないんだよ。頭のいい人が計算したら、こういう変なものが宇宙《うちゅう》のどこかにあるはずだ……っていう結果が出ちゃって、そこから存在が導《みちび》きだされた天体だったんだ。だからみんな、いろんなブラックホールの姿《すがた》を想像《そうぞう》していたと思うよ」

「見てもないのに、あるって信じてたってのもすごい話だな」

「うん。でも現代《げんだい》になって、やっとその姿《すがた》を撮影《さつえい》することができたんだ。百年以上も謎《なぞ》だったものが、ようやくぼくらの前に姿《すがた》を見せたんだ。だから、これはすっごい写真なんだよ！」

さとしは、ドーナツみたいなブラックホールの写真を見つめる。

中心にある黒い穴《あな》を。

こんな穴《あな》が部屋にあって、自分の知らない間にものを吸《す》い込《こ》んでいたら。

ママに借りたハサミも、靴下《くつした》の片《かた》っぽも、学校のプリントも見つかるはずない。

「ブラックホールをゴミ捨《す》て場《ば》にしようって考えた学者もいるんだ。実現《じつげん》したら地球のゴミ問題は解決《かいけつ》されるだろうね」

「ふーん、ブラックホールかぁ」

それからも、さとしの〈なくし癖《ぐせ》〉は、どんどんひどくなっていった。

なくなったのはみんな、さとしの部屋にあったものだ。

ものをなくすたび、さとしはブラックホールのせいにしていた。

自転車のカギがなくなっても。宿題だった算数ドリルがなくなっても。おつかいに行って出たお釣《つ》りがなくなっても。友だちに借りたゲームがなくなっても。

ママや先生や友だちに返していわれても、こう返していた。

「だってしかたないじゃん。ぼくの部屋にはブラックホールがあるんだから」

こうして、ブラックホールはさとしの口癖《くちぐせ》になった。

やがて、さとしにものを貸《か》すと返ってこない――そんな噂《うわさ》がクラス中に広まった。

だからクラスのみんなは、さとしに「貸《か》して」といわれても、いろいろ理由をつけて貸《か》さなくなった。

さとしの家にも遊びに行かなくなる。彼《かれ》の部屋で遊んでいたら、気がつくとものがなくなっているからだ。

鞄《かばん》の中から、ポケットの中から消えている。持ってきたゲームや家のカギ、財《さい》布《ふ》がなくなっているのだ。なくなったものはいくらさがしても見つからなかった。

クラスの誰《だれ》も、彼《かれ》の部屋にあるブラックホールなんて本気で信じていない。さとしが盗《ぬす》んでいると思っていたから、彼《かれ》から友だちがどんどん離《はな》れていった。すっかりクラスで孤立《こりつ》したさとしは、休み時間もいつも一人でいた。そんな彼《かれ》の口からは、ブラックホールという言葉は聞かれなくなった。

さとしは学校に来なくなった。

一週間も来なくて、学校に連絡《れんらく》もない。担任《たんにん》の先生が家に電話をかけても誰《だれ》も出ないので、何か事件《じけん》に巻《ま》き込《こ》まれたのではないかと警察《けいさつ》が捜査《そうさ》をはじめた。

「なんでもいい。気になることがあったら先生に教えてほしい」

帰りの会での先生の言葉を聞き、ケンヤは気になっていたことを思い出した。

さとしが学校に来なくなる前日のことだ。

「なあ、ブラックホールって、どうやったらできるんだ?」

さとしがこんなことを訊《き》いてきたのだ。

まだそんなことをいっているのかとケンヤは呆《あき》れつつも答えた。

「星のバランスが崩《くず》れてできるんだよ」

図鑑《ずかん》にあるブラックホール生成図を見せながら説明する。

「たとえば、太陽みたいな恒星《こうせい》はずっと燃《も》え続《つづ》けているけど、あれはすごいエネルギーなんだ」

そのエネルギーには外に広がろうという力が発生する。

そして星には重さがあり、中心に落ちていこうという〈重力〉が働く。

「この、外へ広がろうとするエネルギーと重力が釣《つ》り合《あ》って、バランスよく働いているのが通常時《つうじょうじ》の太陽だ。でも太陽が年をとっておじいちゃんになると、燃《も》え続《つづ》けることができなくなる」

「それって、地球もヤバいんじゃ……」

「うん。でもあと五十億年後とかの話だよ」

燃《も》えることができなくなった太陽からは、広がろうとするエネルギーが失われ、重力だけが残って働くことになる。ここで、バランスが崩《くず》れてしまう。

星は重力によって中心に向かってどんどん縮《ちぢ》んでいく。どんどん、どんどん縮《ちぢ》んでいきながら、それでも強い重力を持っている。

「太陽よりもっと大きな恒星《こうせい》だと、それが、ブラックホールになるんだよ」

「……そうか。じゃあ、ぼくの部屋のバランスが崩《くず》れたってことなんだな」

さとしは一人で納得《なっとく》したように頷《うなず》いた。

「じゃあさ、ブラックホールに吸《す》い込《こ》まれたものって、どこへ行くんだ？」

来ると思っていた質問《しつもん》だったが、ケンヤは返答に悩《なや》んだ。

「実はわからないんだよね。ブラックホールって、光まで吸《す》い込《こ》んじゃうからさ、本当にただ暗い、〈黒い穴《あな》〉なんだよ。だから、吸《す》い込《こ》まれたものがどこへ行ったのかは、誰《だれ》も観測《かんそく》できてないんだ。だから、謎《なぞ》」

さとしはなぜか絶望的《ぜつぼうてき》な表情《ひょうじょう》を浮《う》かべていた。

「じゃあさ……、ブラックホールに吸《す》い込《こ》まれたら、どうなっちゃうんだ？」

「そうだね。**すごい力で引《ひ》っ張《ぱ》られて、ぐにゃってねじれて、ちぎれて、粉々《こなごな》になる、**かな」

さとしは頭を抱《かか》えて屈《かが》み込《こ》んだ。

「まじかよ……」

「……なあ、さとし。もう、そういうのはやめたほうがいいよ」

「え……？　そういうのって？」

「みんな、さとしが嘘《うそ》をついてるって思ってるよ。ブラックホールのこと」

「……じゃあ、なにか。ゲームも本も財布《さいふ》も、なくなったって嘘《うそ》ついて、本当はぼくが盗《ぬす》んでるって？」

「だって……家の中にはブラックホールなんてできないよ」

「じゃあ、なんでだよ」

さとしはケンヤの胸倉《むなぐら》を摑《つか》んだ。

「じゃあなんで……みんなぼくの部屋で消えるんだよ！　ケンヤだろ！　おまえがいったんだろ！　ぼくの部屋にブラックホールがあるんじゃないかっていったよな！」

目は血走って、頬《ほお》をぴくぴくさせ、唇《くちびる》も震《ふる》えていた。

さとしは、もう普通《ふつう》じゃなかった。

そんなさとしが数日後、今度は家ごと消えてしまった。取《と》り壊《こわ》されたわけでもなく、火事で燃《も》えたわけでもない。前日まであった家が、まるで手品のように消えたのだ。さとしの家族とともに。

さとしは両親と妹と飼《か》い犬《いぬ》と暮《く》らしていた。それが全員いなくなった。

この事件《じけん》はテレビでも毎日のように報道《ほうどう》された。

消えた一家は組織的《そしきてき》な犯罪《はんざい》に巻《ま》き込《こ》まれたのか？　誰《だれ》にもいえない事情《じじょう》があってそっと町を出たのでは？　いやいや、UFO《ユーフォー》にさらわれたんだとコメンテーターはいいたい放題。

ケンヤは、どれも違《ちが》うと思った。

さとしの部屋には、きっと本当にブラックホールがあったのだ。

彼《かれ》と家族はその〝穴《あな》〟に家ごと吸《す》い込《こ》まれてしまったに違《ちが》いない。

「ブラックホールに吸《す》い込《こ》まれたら、どうなっちゃうんだ？」

さとしに訊《き》かれた時、実はあえて選ばなかった〝答え〟がある。

ホワイトホールだ。それは、なんでも吸《す》い込《こ》むブラックホールに対し、なんでも吐《は》き出《だ》す天体をさす。

ブラックとホワイトの二つの穴《あな》は、ワームホールというトンネルのようなもので繋《つな》がっていて、ブラックホールが吸《す》い込《こ》んだものはホワイトホールから吐《は》き出《だ》されるという説がある。

でも、ホワイトホールもワームホールも、まだ観測《かんそく》されてない未知の天体。

だから、ケンヤは答えたくなかったのだ。


三年後。たぶん、さとしが見つかった。

発見されたのは、日本のちょうど裏側《うらがわ》。南アメリカ大陸沖の大西洋上にある小島。その洞窟《どうくつ》の中だった。見つかったのは、たぶん、さとしだけじゃなかった。彼《かれ》の両親、妹、飼《か》い犬《いぬ》。そして消えた家も。

さとしの部屋でなくなったゲームや靴下《くつした》の片《かた》っぽや学校のプリントも、たぶん、そこにはあったはずだ。

たぶん――というのは、詳《くわ》しいことが報道《ほうどう》されなかったからだ。見つかった状況《じょうきょう》があまりにひどく、本当にさとしや彼《かれ》の家族なのかがわからないらしい。

どういう状態《じょうたい》だったのか、ケンヤには想像《そうぞう》がついてしまった。

ブラックホールに吸《す》い込《こ》まれたものは……。

ぐにゃってねじれて、ちぎれて、粉々《こなごな》になる。

AKUSYUMI
MUSEUM

長く、
おそばに

こちらの展示《てんじ》が気になりますか？

いえ、先ほどから熱心にご覧《らん》になっているので。

たしかに、当館の展示《てんじ》の中でもきわめて珍《めずら》しいものです。

この竹で編《あ》んだざるに盛《も》っているもの、なんだかおわかりですか？

そうです。一玉の、お蕎麦《そば》です。

しかも、これは手打《てう》ち蕎麦《そば》。

製麺機《せいめんき》のような機械を使わず、人の手で丁寧《ていねい》に作られたお蕎麦《そば》です。

このようなお蕎麦《そば》は、香りも、喉《のど》ごしもよく、夏の暑い日にダシのきいた冷たいおつゆでいただくと絶品《ぜっぴん》です。

もちろん、本物ではございません。

こちらは展示用《てんじよう》に作られた食品サンプルになります。

十年前――ある一家の食卓《しょくたく》に出された
お蕎麦《そば》を再現《さいげん》したものです。
なぜ、こんなものを展示《てんじ》しているのかと
不思議でしょうね。
当然、ただのお蕎麦《そば》ではないからです。
ある日、あなたの家にも
突然《とつぜん》届《とど》けられるかもしれない――。
特別な、そしてとても悪趣味《あくしゅみ》な〝意味〟を持つ
お蕎麦《そば》なのです。
このお蕎麦《そば》についての詳《くわ》しい解説《かいせつ》をお求めですか?
――承知《しょうち》しました。

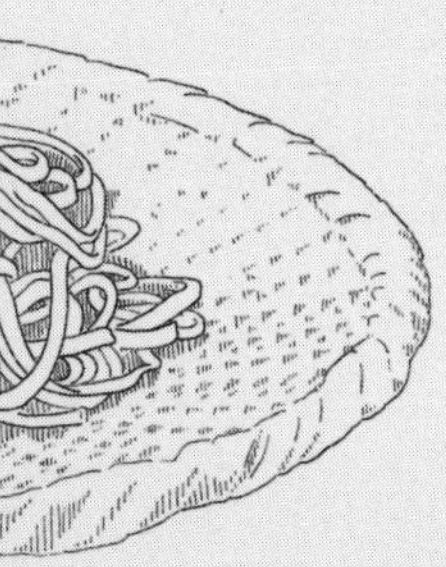

ある年の夏、日曜の夜だった。

ピンポーン。タクミは読んでいたマンガから顔を上げた。

「誰《だれ》だろ？」

知らない人が訪《たず》ねてきても、出なくていいと親からいわれている。

インターホンのモニターで確認《かくにん》すると、知らないおじいさんとおばあさんだ。

髪《かみ》が真っ白で、眉《まゆ》が「八」の字に下がったおじいさんは、モニターの中で頭を下げる。悪い人たちには見えないので通話ボタンを押《お》し、「どちらさまですか」と聞いた。

「夜分にすいません。おそばに引《ひ》っ越《こ》してきましたので、ご挨拶《あいさつ》に参りました」

それなら出てもいいかなと玄関《げんかん》に行ってドアを開けた。

おじいさんとおばあさんはニコニコと笑っている。

「こんばんは。お父さんかお母さんはいらっしゃるかな？」

「すいません、まだ帰ってなくて……」

「何時頃《なんじごろ》にお帰りかな？」

「たぶん、八時とか……もう少し遅《おそ》くなるかも」

「お休みの日もお仕事なの？」

そう聞いてきたおばあさんも髪《かみ》の毛《け》が真っ白で、八《はち》の字眉毛《じまゆげ》。そっくりな夫婦《ふうふ》だ。

「今日は結婚式《けっこんしき》に行ってるんです。明日の朝ならいますけど」

「じゃあ、今夜は、坊《ぼう》や一人でお留守番《るすばん》なのかい？」

うなずくと、おじいさんはタクミの頭を撫《な》でてきた。

「えらいねぇ、坊《ぼう》や」

「わたしたちはね、昨日、お隣《となり》に引《ひ》っ越《こ》してきたの」

お隣《となり》さんは箱宮《はこみや》と名乗った。

引《ひ》っ越《こ》してきたという家は、ずいぶんと前から売りに出されていて、ずっと空き家だった。

その家に人が住んでくれて、タクミはうれしかった。

二階の自分の部屋の窓《まど》を開けると、ちょうど真正面に、隣《となり》の家の二階の窓《まど》が見える。誰《だれ》も住んでいない家の窓《まど》はいつも真っ暗で、もしお化けでも見てしまったらどうしようと不安だったのだ。

「坊《ぼう》やのお名前を教えてもらってもいいかい？」

「飯島《いいじま》タクミ。小学五年生です」

「タクちゃんね。かわいい坊《ぼう》やのお隣《となり》に引《ひ》っ越《こ》せて、おばあちゃん、うれしいわ」

「こんなにしっかりした坊《ぼう》やなら、ご両親も留守《るす》を預《あず》けても心配ないだろうね」

「ええ、本当に。タクちゃんはしっかりしているし、とってもかわいい坊《ぼう》やだわ。ご両親がうらやましいわねぇ」

褒《ほ》められて悪い気はしないけど、「坊《ぼう》や」とか「タクちゃん」と呼《よ》ばれるのは、なんだかちょっぴり恥《は》ずかしい。

おばあさんは、タクミの両手を握《にぎ》ってきた。

「こんなおばあちゃんだけれど、これから仲良くしてもらえる？」

タクミは「はい」と笑顔《えがお》で頷《うなず》いた。

「本当に？　ずーっと、ずーっと、仲良くしてくれる？」

ぎゅううううっと、おばあさんの握《にぎ》る手の力が強くなっていく。

細身で小柄《こがら》なおばあさんなのに、どこからこんな力が出るんだろうというくらいの力で、タクミはびっくりする。

「こらこら、ばあさん。見なさい、坊《ぼう》やが困《こま》ってるじゃないか」

おばあさんは慌《あわ》ててタクミの手を離《はな》した。

「あらやだ！　わたしったら。痛《いた》くなかった？　タクちゃん」

「大丈夫《だいじょうぶ》です」と笑って返したけれど本当は少し痛《いた》かった。

「すまんね、坊《ぼう》や。わたしらには、子どもがいなくてね」

「そうなの、いつも年寄《としよ》り二人でさびしくて……だから、かわいい子を見ると、つい
……ごめんなさいね、タクちゃん。わたしのこと、きらいになってないかしら」

「いえ、大丈夫《だいじょうぶ》です。あの、明日なら親もいるんで」

それじゃ、とドアを閉《し》めようとしたら――あれ？　閉《し》まらない。

おじいさんの手が、しっかりとドアを押《お》さえていた。

「明日、また来てもいいかい？」

「え？　……あ、はい」

「本当かい？　そいつは、うれしいなぁ」

「うれしいわねぇ。それなら、明日また来ようかしらね」

「いっそ、毎日でも来たいくらいだがね」

「ええ、ええ。毎日、タクちゃんに会いに来たいわね」

――なんだろう。この人たち。ちょっと変な人たちだ。

おじいさんは手提《てさ》げの紙袋《かみぶくろ》をタクミに差し出した。

「これをお母さん、お父さんに渡《わた》しておいてもらえるかい？」

「これからも、すえながくよろしくね、タクちゃん」

手提《てさ》げ袋《ぶくろ》を受け取ると、おじいさんの手がドアから離《はな》れた。

ようやくドアを閉《し》めることができ、タクミはほっと胸《むね》を撫《な》でおろす。

「あれ？　……なんだろ、これ」

タクミの両手には白い粉《こな》がたくさんついていた。


「へぇ。あの家、ようやく売れたんだな」

「ずっと空き家だったものね」

結婚式《けっこんしき》に行っていた両親が帰ってきた。式場が遠方だったからか二人とも疲《つか》れた様子だ。

「なんで、こんなものをくれたのかな？」

おじいさんから渡《わた》された手提《てさ》げの紙袋《かみぶくろ》。

その中身は蕎麦《そば》だった。茹《ゆ》でる前の生《なま》の蕎麦《そば》で、商品名も何もない透明《とうめい》のビニール袋《ぶくろ》に入っている。

「引《ひ》っ越《こ》し蕎麦《そば》っていうのよ」

お母さんは紙袋《かみぶくろ》の中を見ながら「おいしそうね」といった。

「引《ひ》っ越《こ》し蕎麦《そば》って何？　初めて聞いた」

「昔からある、日本の習慣《しゅうかん》よ。引《ひ》っ越《こ》してきた人が、ご近所への挨拶回《あいさつまわ》りの時に蕎麦《そば》を配るの」

「ま、その習慣《しゅうかん》も今は減《へ》ったけどな。最近は蕎麦《そば》よりタオルとかが多いよ」

ネクタイをほどいて一息ついたお父さんは、ダイニングの椅子《いす》にぐったり座《すわ》った。

「ふーん。でもなんで蕎麦《そば》なの？」

「蕎麦《そば》は縁起《えんぎ》がいいものだといわれていたからだよ」

「蕎麦《そば》が？　うーん……」

ピンとこなかった。蕎麦《そば》なんて見た目は地味だし、それならお餅《もち》のほうが縁起《えんぎ》が良さそうだ。

「タクミは金箔《きんぱく》ってわかるか？」

「金色の折り紙みたいなのでしょ」

「あれは紙のように、薄《うす》く延《の》ばした金なんだ。金色は縁起《えんぎ》がいいといわれていたから、工芸品、仏像《ぶつぞう》、いろいろなものに使われる。金箔《きんぱく》を扱《あつか》う専門《せんもん》の職人《しょくにん》もいたんだ」

金箔職人《きんぱくしょくにん》の仕事場には、金箔《きんぱく》の切れ端《きはし》がたくさん落ちている。掃除《そうじ》をしようにも薄《うす》くて細かい金箔《きんぱく》の切れ端《きはし》は指でつまんで拾えるものではない。

だから年末の仕事納《しごとおさ》め、金箔職人《きんぱくしょくにん》は〈蕎麦《そば》がき〉というものを作った。

蕎麦《そば》といっても、つるつると食べる麺《めん》ではない。

蕎麦粉《そばこ》に湯を加えて練った、餅《もち》のような食感のもの。

昔の金箔職人《きんぱくしょくにん》はこの〈蕎麦《そば》がき〉のねばねばとした粘着性《ねんちゃくせい》を利用し、落ちている金箔《きんぱく》の欠片《かけら》を拾い集めたらしい。

「〈金を集める〉のは縁起《えんぎ》がいいってことで、蕎麦《そば》が縁起物《えんぎもの》ってことになったらしい」

「ふーん、だから蕎麦《そば》を配るんだね」

「まあでも、蕎麦《そば》を配る一般的《いっぱんてき》な理由は、蕎麦《そば》だから**〈おそばに参りました〉〈細く長く、おそばにいさせてください〉**ってことらしいけどな。あとは蕎麦《そば》が糸のように縁《えん》を繋《つな》ぐって考えもあるみたいだが」

「あら」

お母さんは結婚式《けっこんしき》でもらってきた引き出物の入った紙袋《かみぶくろ》から薄《うす》い箱を出した。

「こっちは、うどんだわ」と笑っている。

「え？　縁起物《えんぎもの》なのに蕎麦《そば》じゃないんだ」

タクミの言葉に今度はお父さんが笑った。

「別《べつ》に蕎麦《そば》でもいいんだよ。でも、結婚《けっこん》に蕎麦《そば》はダメだって話もあるけどな」

「なんで？」

「結婚《けっこん》するってことは、家族になるってことだろ。近所づきあいとは比《くら》べものにならないくらい、強い絆《きずな》が大事になる。だから細くて切れやすい蕎麦《そば》より、強くてコシのあるうどんがいいっていうんだよ」

「どっちにしても、お母さんは助かるわ。もう今日はヘトヘト。晩《ばん》ご飯《はん》、お蕎麦《そば》でいいわよね？」

タクミは首を横に振《ふ》った。

「ぼく、いらない」

「どうして？　お腹減《なかへ》ったでしょ？」

「……お隣《となり》さん、なんかちょっと変な人たちだったんだ」

「変って、何が？」

「うまくいえないけど……ベタベタして、なれなれしくて……気持ち悪かった。とにかく、その蕎麦《そば》は食べたくない」

「ダメよ、そんなこといっちゃ。わざわざ挨拶《あいさつ》に来てくれたのに」

「そうだぞ。きっとタクミが孫みたいでかわいかったんだよ」

「でも、おばあさんに手を握《にぎ》られたら、変な粉《こな》だらけになったんだ」

「それはきっと蕎麦粉《そばこ》だよ」

そういってお父さんは、紙袋《かみぶくろ》から蕎麦《そば》の入っているビニール袋《ぶくろ》を取り出す。

「見ろ。蕎麦《そば》に粉《こな》がまぶされているだろ」

たしかに蕎麦《そば》にも袋《ふくろ》にも白っぽい粉《こな》がついている。

「蕎麦《そば》を打つ時、手や包丁にベタベタとくっつかないように蕎麦粉《そばこ》をまぶすんだよ。袋《ふくろ》にはラベルもないし、この蕎麦《そば》、お隣《となり》さんが打ったんだろう。ありがたい話じゃないか」

「おいしいから、騙《だま》されたと思って食べてみなさい」

結局、遅《おそ》めの晩《ばん》ご飯《はん》は、ざる蕎麦《そば》になった。これがびっくりするくらいおいしくて、タクミはペロリと食べて、おかわりまでしてしまった。

翌日《よくじつ》、お隣《となり》さんは来なかった。タクミはお蕎麦《そば》のお礼をいおうと思っていた。変に疑《うたが》ってしまったという罪悪感《ざいあくかん》もあった。

でも、次の日も、その次の日も。お隣《となり》さんはタクミの家には来なかった。あんなに「また来る」といっていたのに。

「本当に隣《となり》に引《ひ》っ越《こ》してきたの？」

お母さんは、タクミが家を勘違《かんちが》いしているんじゃないかと思っていた。

お母さんもお父さんも、引《ひ》っ越《こ》してきたお隣《となり》さんの姿《すがた》を一度も見ていなかった。

タクミもあの日以来、見かけていない。

ずっと空き家だった隣《となり》の家は、以前と変わらず空き家のままに見えた。

奇妙《きみょう》なのは、これだけではなかった。

この頃《ごろ》、タクミは毎日、悪夢《あくむ》を見た。正確《せいかく》には、引《ひ》っ越《こ》し蕎麦《そば》を食べた日の夜から毎日だ。夢《ゆめ》の内容《ないよう》はすぐに忘《わす》れてしまうけど、目が覚めると枕《まくら》に染《し》み込《こ》むほど汗《あせ》だくになっていて、たっぷり寝《ね》たはずなのに体は妙《みょう》に疲《つか》れていた。

それに、目が覚めてしばらく、〝嫌《いや》な感じ〟が残っていた。

嫌《いや》な湿度《しつど》というか、視線《しせん》というか、気配というか。

おそらく夢《ゆめ》が現実《げんじつ》に食《く》い込《こ》んできているのだ。

その〝嫌《いや》な感じ〟は時間が経《た》つとなくなるが、また夢《ゆめ》を見るとまったく同じ〝嫌《いや》な感じ〟が部屋に満ちている。

――きっと、あの蕎麦《そば》のせいだ。

やっぱり食べなければよかった。タクミは後悔《こうかい》した。


蒸《む》し暑《あつ》い夜だった。タクミは悪夢《あくむ》を見て目覚めた。

汗《あせ》だくだ。でも暑さで出た汗《あせ》じゃない。夢《ゆめ》のせいだ。誰《だれ》かにじっと見つめられ、ずっと呼《よ》びかけられているような――気味の悪い夢《ゆめ》だ。

時計を見ると、まだ真夜中だ。

こんな時間に目が覚めるなんて初めてのことだった。

暗い部屋は、さっきの悪夢《あくむ》がまだ続いているように〝嫌《いや》な感じ〟で満ちている。

それに、なんだか重たい。

「……なんだ、これ」

掛《か》けている毛布《もうふ》の上に、細い紐《ひも》のようなものがたくさんのっている。

重いのは、このせいだ。見ると同じものが部屋中にたくさんちらばっていた。

その一本をつまみ上げて、よく見る。

「……お蕎麦《そば》？」

タクミは、そこで初めて気づいて顔を上げる。

天井《てんじょう》のあたりで、何かがうすぼんやりと光っている。

黄緑色に弱く光る、楕円形《だえんけい》のものが二つ。それは細く長い尾《お》を引いて、ぐるぐると回っている。

似《に》たようなものをテレビで見たことがある。墓地《ぼち》などを飛ぶ、人の霊魂《れいこん》。

人魂《ひとだま》だ。

二つの人魂《ひとだま》が長い尾《お》を引いて、回遊魚《かいゆうぎょ》みたいに頭上を飛んでいる。毛布《もうふ》の上や部屋にちらばっている蕎麦《そば》のようなものは、人魂《ひとだま》の尾《お》だ。

呆然《ぼうぜん》と見上げていると、二つの人魂《ひとだま》は開いている窓《まど》から外へ出ていった。すると蕎麦《そば》のような尾《お》も、ずるずる窓《まど》の向こうへと引《ひ》っ張《ぱ》られていく。

――どこへ行ったんだろう？

起き上がったタクミは、震《ふる》える足で窓《まど》に歩《あゆ》み寄《よ》った。

隣《となり》の家の窓《まど》が開いている。例の老夫婦《ろうふうふ》が、二人並《なら》んでタクミのことを見ていた。

その二人の口に、人魂《ひとだま》の尾《お》がズルズルッと入っていく。まるで、蕎麦《そば》をすすっているように。

ちゅるんっ。

人魂《ひとだま》の最後尾《さいこうび》が口の中に入ってしまうと――。

老夫婦《ろうふうふ》は口の動きだけで、こういった。

「ナガク、ソバニ、イサセテネ」

AKUSYUMI MUSEUM

降《ふ》ってきたもの

お客様、何かご質問《しつもん》がおありのようですが？

ええ、こちらも展示品《てんじひん》になります。当館のオーナーが奇跡的《きせきてき》に入手できた、とても貴重《きちょう》で、悪趣味《あくしゅみ》な一品です。

――はい、お客様のおっしゃるとおりです。

これは、魚の干物《ひもの》です。レプリカではなく本物です。

もともとは生きていた魚で特別珍《めずら》しい種類というわけではありません。

ただ、とても特殊《とくしゅ》な状況《じょうきょう》で回収《かいしゅう》されたものなのです。

しかも長期保存《ほぞん》するには、

このように「干《ほ》す」という処置《しょち》しかありませんでした。

一生に一度でも出会えたら奇跡《きせき》といえる、そんな状況《じょうきょう》があります。

この魚は、まさにそのような奇跡的《きせきてき》な状況《じょうきょう》で回収《かいしゅう》されたものなのです。

でもその奇跡《きせき》以上に、これは大きな意味を持つものとなりました。
「もしも」の話です。
もしも、この一匹《ぴき》の魚が、あの時、あそこにあったなら。
見逃《みのが》され、片付《かたづ》けられず、あそこにあったなら。
この悪趣味《あくしゅみ》な物語は生まれなかったでしょう。
そしてこの物語が生まれなければ。
こうして、当館で展示《てんじ》され、
お客様の関心を引くこともなかったのです。
この物語に、ご興味《きょうみ》はございますか？
——では、お話しいたしましょう。

友だちの家へ遊びに行った帰り道だった。

少し強めの風が吹き抜《ふぬ》けて頬《ほお》を撫《な》でていった。道の真ん中でつむじ風が、集めた枯《か》れ葉《は》をぐるぐるとかき回している。

大吾《だいご》は不思議な光景を見た。

橙《だいだい》に色づく空にチカチカと何かが輝《かがや》き、瞬《またた》いている。一つではなく、いくつもある。五つ、六つ、七つ……十個《こ》近くある。

星が出るにはまだ早い。

チカチカと光るものは一斉《いっせい》に近くの公園に降《ふ》り注《そそ》いだ。

大吾はびっくりして公園に駆《か》け込《こ》んだ。公園の中は街灯が点《つ》いていて、遊具の足元から影《かげ》が地面に伸《の》びている。もう遊んでいる子もいない。

何かがたくさん落ちている。

夕日や街灯の明かりを受けてキラキラと輝《かがや》くそれは——。

たくさんの魚だった。


「なにバカなこといってんだよ、大吾」

教室で昨日の出来事を話すとみんなに大笑いされた。

「空飛ぶ魚なんて聞いたことないよな」

「羽でも生えてたのかよ」

「それってトビウオじゃね？」

「だから、飛んでたんじゃないんだって！」

大吾は説明しなおした。

「魚は空から公園に落ちてきたんだ。何匹《なんびき》も死んでたよ」

「どんな魚？」

「名前とかはわからないけど、普通《ふつう》の魚だよ。羽なんかなかった」

「なんでふつうの魚が空から降《ふ》ってくるんだよ。おかしいじゃんか」

「そう、おかしいんだよ。飛行機も飛んでなかったし、空から誰《だれ》かが捨《す》てたってわけでもないし。どこから落ちてきたのかわからないんだ」

「どうせ作り話だって」

秀介《しゅうすけ》は鼻で笑いながら馬鹿《ばか》にするようにいった。

「大吾はさ、こういうことといって、みんなから注目浴びたいんだよ」

「作り話なんかじゃない！」

大吾はムキになって大声をあげた。

「ぼくは本当にこの目でしっかり見たんだ！」

「じゃあ、その目を疑《うたが》ったほうがいいよ。作り話じゃなけりゃ、夢《ゆめ》とか幻覚《げんかく》とかを見たってことだよ。空から魚が降《ふ》るはずないって、赤《あか》ん坊《ぼう》だって知ってる常識《じょうしき》なんだしさ」

秀介はなにかと大吾に絡《から》んでくるイヤなヤツだ。

これまでも発言の揚《あ》げ足《あし》をとったり、イヤミをいったり、よく大吾のことをバカにしてくる。だから大吾は彼《かれ》のことが大きらいだった。

厄介《やっかい》なのは、秀介は勉強も運動も大吾よりできるし学級委員もやっているから、こんな時はみんな秀介側についていってしまうことだ。

「もういいよ。信じないなら別に……」

「まぁまぁ、いじけるなって。そんなにいうんならさ、放課後みんなで落ちてきた魚とやらを見に行ってみようよ」

「いいね、行こう、行こう」

「そうだな、証拠《しょうこ》があれば信じてやるよ」

秀介の提案《ていあん》にみんなが賛成《さんせい》する。大吾以外は——。

「そんなの、もう落ちてるわけないだろ。昨日のことだし。近所の人に片付《かたづ》けられちゃってるよ」

「大丈夫《だいじょうぶ》だって」

秀介は意地悪な笑《え》みを浮《う》かべながら大吾の肩《かた》にポンと手を置いた。

「何匹《なんびき》も落ちてきたんだろ。がんばってさがせば一匹《ぴき》くらい見つかるかもよ。ま、その話が本当ならだけど」

大吾は納得《なっとく》がいかないまま、学校帰りに秀介たちと公園へ行った。

昨日はあんなに落ちていた魚は、もう片付《かたづ》けられていた。

当然そうだろうと思った。でも、あの後も何匹《なんびき》か落ちてきたかもしれない。一匹《ぴき》くらいはどこかに……と滑《すべ》り台《だい》の下や植《う》え込《こ》み、砂場《すなば》の砂《すな》の中まで調べたけど、結局は見つけられなかった。

「魚なんてどこにも落ちてないじゃん」

「だからいったじゃないか。もう片付《かたづ》けられてるって」

「正直にいえばいいのに。やっぱり嘘《うそ》だったたって」

秀介の言葉に大吾はカッとなった。

「おい秀介、いい加減《かげん》にしろよ」

「おお。こわっ。本当のこといわれて嘘《うそ》つきが怒《おこ》ったぞ。みんな助けてぇ」

秀介が煽《あお》ると、みんなが彼《かれ》の味方になる。

「よせよ大吾。それ逆《ぎゃく》ギレっていうんだぜ」

「大吾さぁ、嘘《うそ》つくんならもう少しうまくやれよな」

「そうそう、せめてこっそり魚を隠《かく》しておくとか」

「最初からムリがあったんだよ。魚が空から降《ふ》ってくるなんて嘘《うそ》」

「おいおい、そんなに責《せ》めるなよ。大吾がウソ泣きするぞ」

悔《くや》しくて、大吾は帰りに一人で泣いた。

本当に見たのに。嘘《うそ》なんてこれっぽっちもついてないのに。

うちに帰ってからもまだ悔《くや》しくて、どうにか秀介たちをギャフンといわせられないかと考えた。それには自分の見たものが本当だったと証明《しょうめい》するしかない。

「空から魚が降《ふ》ってくるなんて、たしかに信じられないことだよな……」

起こるはずがないことだから、嘘《うそ》をついたといわれるのだ。

でも、もしかしたらこんな出来事は他でも起きているかもしれない。

もしそうならば、嘘《うそ》ではないという証明《しょうめい》になる。

「そしたら秀介のヤツを笑ってやるんだ。あいつ、顔を真っ赤にして黙《だま》り込《こ》むぞ。ぼくを嘘《うそ》つき呼《よ》ばわりしたことを後悔《こうかい》させてやる」

「魚が降《ふ》る」――そんなありえない出来事が実際《じっさい》に起こったという記録がないかを調べるため、大吾は近所の図書館へ行った。

「どんな本を見たらいいんだろ。やっぱり不思議とか謎《なぞ》とかがタイトルに入った本かな」

たまたま目に入った一冊《さつ》を取ってテーブルにつく。

『世界の不思議　その神秘《しんぴ》と謎《なぞ》を追う』という本だ。

目次を見ると――あった。

ストレートに〈魚の雨〉という章がある。拍子抜《ひょうしぬ》けするくらい簡単《かんたん》に見つかってしまった。さっそく読んでみる。

この現象《げんしょう》は何百年も前から人々によって確認《かくにん》され、記録もたくさん残っていた。〈魚の雨〉の章には、空から魚が降《ふ》ったという世界中の事例が紹介《しょうかい》されている。

「えっと、なになに……『一九二八年、北アイルランドのある村で、農場の家の屋根の上と、その周辺に大量の魚が落ちているのが発見された』……へえ、屋根の上。完全に空から降《ふ》ってるな」

アメリカ、カナダ、イギリス、インド、アフガニスタン、タイ、中国……世界中に降《ふ》っていた。

日本にも何十件《なんじっけん》という報告《ほうこく》があって、新聞記事も掲載《けいさい》されていた。山頂《さんちょう》に魚が降《ふ》ったという記事もあった。おもしろい！

降《ふ》ってきた魚はニシン、マス、イカナゴ、トゲウオと一種類ではない。「魚じゃない」ものが降《ふ》ってきたという記録もあった。

カエル、藁《わら》、大量の飴《あめ》（キャンディ）、ビスケット、加工肉、動物の毛、謎《なぞ》のゼラチン物質《ぶっしつ》。こういう「空から降《ふ》るはずのないもの」が降《ふ》る原因《げんいん》不明の現象《げんしょう》のことを**〈ファフロツキーズ現象《げんしょう》〉**というらしい。

「ファフ……ファフロ、ツキ？　いいにくいな」

それにしても、気味が悪い現象《げんしょう》だ。

降《ふ》ってくるものは、降《ふ》る前までどこにあったものなんだろう。

飴《あめ》やビスケットなんて完全に人の作ったものだ。

降《ふ》ってきたお菓子《かし》はみんな一個一個《いっこいっこ》ビニールで包装《ほうそう》されていて、包みには商品名や製造元《せいぞうもと》の名前は書かれておらず、なんのデザインもされていなかったそうだ。

もし、どこかの製菓《せいか》工場で飴《あめ》やビスケットを大量に紛失《ふんしつ》したり、盗《ぬす》まれたりしていたら、さすがに騒《さわ》ぎになっているはず。大量の飴《あめ》が降《ふ》ったなんて新聞記事を見れば「うちの飴《あめ》だ！」となるだろう。

でも、どこも名乗り出なかったということは、飴《あめ》は人によって作られたものではない可能性《かのうせい》もある——と本に書かれている。

「じゃあ、宇宙人《うちゅうじん》が作った飴《あめ》とか？　……そんなわけないか。えーっと、『ただ、世界各地で報告《ほうこく》のある〈魚の雨〉に関しては、すでにその〈謎《なぞ》〉は解明《かいめい》されている』

……えっ？　そうなの？」

原因《げんいん》は、竜巻《たつまき》だった。

竜巻《たつまき》は移動《いどう》する時、進路上にあるものを巻《ま》き込《こ》む。

竜巻《たつまき》の渦《うず》に巻《ま》き込《こ》まれたものは上空まで持っていかれ、グルグルと回転する。

これと同じように、海上で発生した竜巻《たつまき》が海水ごと魚を空中に吸《す》い上《あ》げてしまうことがある。そのまま竜巻《たつまき》が海を渡《わた》って上陸。やがて竜巻《たつまき》は消え、吸《す》い上《あ》げられた魚は上空から雨のように地上に降《ふ》り注《そそ》ぐ。

雲の中まで吸《す》い上《あ》げられ、「魚入りの雹《ひょう》」となって降《ふ》ったという事例もあった。

「そういえば昨日、風が強かったよな」

道につむじ風もできていた。あの時、上空に竜巻《たつまき》があったのだろう。

そして、どこかの川や海から吸《す》い上《あ》げられた魚が公園に落ちたのだ。

知ってしまえば、なんの不思議もない現象《げんしょう》で少々つまらなかった。

「でも、世界中でこんなにたくさん起きていて、こうして記録にも残っているくらい有名な現象《げんしょう》だって知ったら、秀介もぼくのことを笑えないぞ。あいつのほうがいい恥《はじ》さらしだ」


翌朝《よくあさ》の教室で、大吾は図書館で借りてきた本を秀介たちに見せた。

「見なよ、新聞にもちゃんと載《の》ってるだろ。魚が降《ふ》るのは昔から知られてる常識《じょうしき》なんだぜ」

　みんな大吾の持ってきた本を覗《のぞ》き込《こ》んで「ほんとだ」「ヤバいな」といっている。

　フフン、と大吾は笑った。

「誰《だれ》だっけ、ぼくのこと嘘《うそ》つき呼《よ》ばわりしたの。ひょっとしたら、そいつのほうが嘘《うそ》つきなんじゃないの？」

　大吾がチラリと視線《しせん》を送ると、秀介は引《ひ》き攣《つ》った笑《え》みを浮《う》かべていた。

「へぇ、こんなことってあるんだね。勉強になったよ。でもさ、だからって大吾の話が本当だとはかぎらないよな」

　えっ、と大吾は固まった。

「だって、他に誰《だれ》も魚が降《ふ》ったところは見てないんだろ？」

「見てる人はいるかもしれないだろ」

「でも、ぜんぜん騒《さわ》ぎになってなくない？　それって不自然だよ」

　たしかに、騒《さわ》いでいるのは自分ぐらいのものだ。両親にも話したけれど「ふーん」で終わった。信じていないというよりも、驚《おどろ》くほどのことでもないという反応《はんのう》だ。

「それは……この本に載《の》ってる事件《じけん》みたいに何百匹《なんびゃっぴき》も落ちてきたらニュースになっ

てただろうけど、十匹《ぴき》くらいだと悪戯《いたずら》だと思われてるかもしれないし……あっ、でも目撃者《もくげきしゃ》はいなくても、魚を片付《かたづ》けた人はいるはずだよ」

「それが誰《だれ》か、わかるのかよ」

「ウッ」と大吾は言葉を詰《つ》まらせる。

「ほら見ろ。証明《しょうめい》できない。なら、見てないのに見たっていってるかもしれないよな」

「じゃあ、どうしたら信じてくれるんだよ」

「実際《じっさい》に自分の目で見ないことには信じられないね」

「……きたないぞ」

「その本に書かれてることだってどうだか。ネットでも嘘《うそ》の画像《がぞう》とかニュースとか捏造《ねつぞう》できるじゃん。そういうの、フェイクっていうんだぜ」

本を開いたまま秀介の目の前に突《つ》き出《だ》す。

「こんなにたくさん記録があるんだぞ？　これも嘘《うそ》なのか？」

「記録だって信用できないよ。ちょっと前まで普通《ふつう》に教科書に載《の》っていた歴史的《れきしてき》な出来事や偉人《いじん》の肖像《しょうぞう》が、実はまったく違《ちが》っていたって話もけっこうあるんだ」

大吾以外は感心した顔で頷《うなず》く。

「へぇ、そうなんだ！」

「さすが秀介、物知りだよな」

ダメだ。こうなったらいつもの秀介のペースだ。

「残念だったな、大吾。信じてほしいならさ、ちゃんと証拠《しょうこ》を見せてくれよ。それか、おれたちに魚が降《ふ》ってくるところを見せてくれよ。みんなもそう思うよな？」

やられた！　形勢逆転《けいせいぎゃくてん》。さすが頭もよくて学級委員だけある。自分の流れに持っていくのがうまい。学級会の時もこんな感じでみんなをまとめる。

無理だ。世界中で起きているといっても、いつどこで起きるかわからない、とても珍《めずら》しい現象《げんしょう》なのだ。秀介たちに見せることなんて不可能《ふかのう》だった。


一日中、秀介とその取《と》り巻《ま》きたちに「明日の天気は魚かな？」とか「次はどんな嘘《うそ》をつく予定？」とか冷やかされて疲《つか》れて帰った。

ぼんやりとテレビを見ていると夕方のニュース番組で速報《そくほう》が流れる。

大吾の住む地域《ちいき》に竜巻注意情報《たつまきちゅういじょうほう》が出たらしい。

「あら、こわいわね」

夕食の準備《じゅんび》をしていたお母さんがエプロンで手を拭《ふ》きながらリビングに来た。

「大吾、窓《まど》の近くにいちゃだめよ。風で何かが飛んでくるかもしれないから」

大吾は「ハッ」となる。**そうだ。竜巻《たつまき》だ。**

注意情報《ちゅういじょうほう》が出るくらい大きな竜巻《たつまき》なら、あの本に載《の》っていた記録みたいにたくさん魚が降《ふ》ってくるかもしれない。そうなれば、さすがにニュースになるだろう。

——いや、だめだ。秀介のことだから、そのニュースもデマだフェイク動画だといいかねない。

彼《かれ》をギャフンといわせるには、目の前で魚が降《ふ》る光景を見せるしかない。

お母さんがキッチンに戻《もど》った隙《すき》に秀介の家に電話をかけた。

『なんだよ大吾、嘘《うそ》でしたって謝《あやま》りの電話か？』

「今から二丁目の公園に出てこいよ」

『はあ？　なんで行かなきゃいけないの？』

「見たいんだろ。魚が降《ふ》るところ。見せてやるから来いよ」

『——別にいいけど。でも見せられなかったら明日からウソ太郎《たろう》って呼《よ》ぶからな』

こっそり家を出ると大吾は公園に向かった。

空は群青色《ぐんじょういろ》になっていて、下のほうにうっすらと橙色《だいだいいろ》が残っている。風がぴゅーぴゅーと音を立てて吹《ふ》いている。道の真ん中でつむじ風が枯《か》れ葉《は》や砂《すな》をかき回している。竜巻《たつまき》がどうやってできるのかは知らないけれど、とても間近に迫《せま》ってきている気がする。

公園には秀介が先に着いて待っていた。

「遅《おそ》かったじゃん」

「秀介、魚が降《ふ》ってきたら、ぼくをウソつき呼《よ》ばわりしたこと謝《あやま》れよな」

「別にいいよ。明日からウソ太郎《たろう》って呼《よ》べるのが楽しみだよ」

大吾と秀介は空を見上げた。橙色《だいだいいろ》が完全に沈《しず》み切《き》り、暗い青色の空になっていた。竜巻注意情報《たつまきちゅういじょうほう》が出ているからか人通りがまったくない。

女の人の悲鳴のような音を立てて風がどんどん強くなっていく。電信柱の〈とびだし注意《ちゅうい》〉の看板《かんばん》がガタガタとうるさい。紙屑《かみくず》やペットボトルといったゴミが駆《か》け足《あし》のように公園脇《こうえんわき》の道路を転がっていく。

空に灰色《はいいろ》の柱が見えた。それは天に昇《のぼ》る途中《とちゅう》の〈竜《りゅう》〉にも見えた。〈竜《りゅう》〉は体を振《ふ》って踊《おど》るような動きで、大吾たちのいる公園の上空に迫《せま》っている。

――あれが竜巻《たつまき》？

大吾は本物を初めて目にした。

「あ」

最初に声をあげたのは秀介だった。空にチカチカと光るものがいくつもある。その数は十や二十ではすまない。

「来たぞ！」

大吾は両拳《りょうこぶし》を突《つ》き上《あ》げ、歓喜《かんき》の声で叫《さけ》んだ。

「しっかり見てろよ、秀介！　魚が降《ふ》ってくるところを！」

この日、××県沖の海上で発生した竜巻《たつまき》は、勢《いきお》いを保《たも》ったまま上陸。そのまま時速六十キロで移動《いどう》しながら町を破壊《はかい》していった。

もっとも被害《ひがい》の大きかった刃物《はもの》工場は、建物が全壊《ぜんかい》。幸い従業員《じゅうぎょういん》は全員無事だったが、出荷前《しゅっかまえ》だった三百本の包丁やナイフはすべて、竜巻《たつまき》に持ち去られてしまった。

午後六時四十五分。竜巻《たつまき》は町の上空で消失。巻《ま》き上《あ》げられた包丁やナイフはすべて公園に降《ふ》り注《そそ》いだ。

AKUSYUMI MUSEUM

還《かん》暦《れき》祝《いわ》い

マスカレードという言葉をご存《ぞん》じですか？

仮面舞踏会《かめんぶとうかい》のことです。

仮面《かめん》で顔を隠《かく》して自分の身分を隠《かく》し、美酒、美食、踊《おど》りを楽しむ秘密《ひみつ》の夜会。

それは娯楽《ごらく》のために身につけられる仮面《かめん》ですが、世の中には自分を隠《かく》したくてつける仮面《かめん》もあります。

その仮面《かめん》の下には、何が隠《かく》されているのか。

醜《みにく》いものか。嘘《うそ》か。それとも、その人物にとっての恥《はじ》か。

仮面《かめん》は自分に都合の悪いものも隠《かく》してくれます。

お客様がご覧《らん》になっている、その白い仮面《かめん》。

こちらも、ある人物にとって都合の悪いものを隠《かく》していました。
顔の全面を覆《おお》い隠《かく》すタイプではなく、口元があいている仮面《かめん》。
この仮面《かめん》の持ち主は、
口を隠《かく》せない理由があったようです。
お客様がもし、この仮面《かめん》をつけるとしたら、
どんな時でしょうか。
何を隠《かく》すのでしょうか。
そして、その仮面《かめん》を剥《は》がす時は、
どんな時でしょうか。

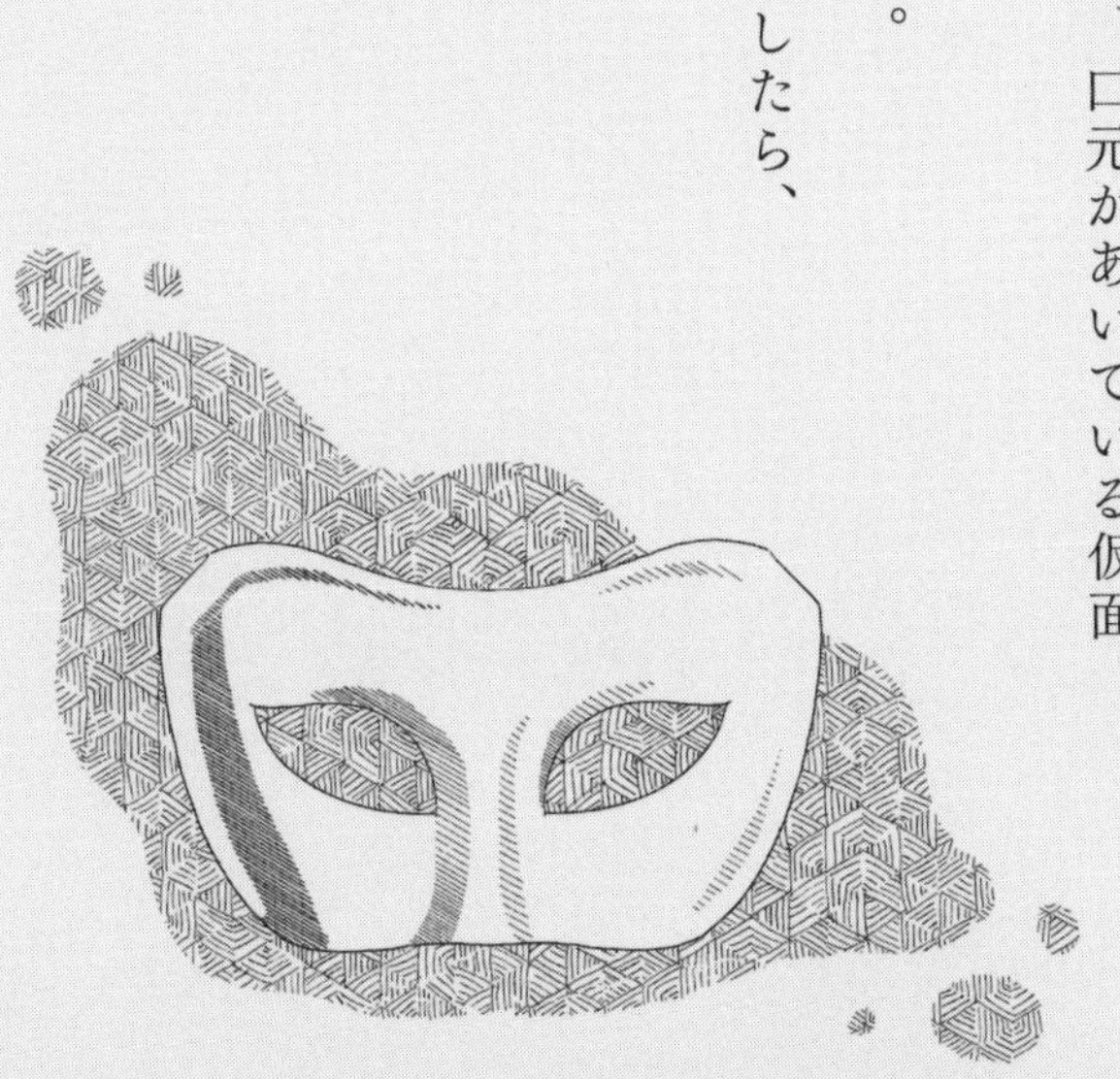

奥山《おくやま》カケルが学校から帰るとママが電話中だった。

「あらまあ、そうなの。それはお気《き》の毒《どく》に――」

なにやら深刻《しんこく》そうな話をしている。

リビングに入るとテレビが点《つ》いたままになっている。壁掛《かべか》け時計《どけい》を見ると約束の時間までもう少しある。小腹《こばら》が空《す》いたので何かないかなとキッチンで冷蔵庫《れいぞうこ》をあさると、冷凍《れいとう》食品のフライドチキンがあった。レンジで温めてリビングに持っていくと、電話を終えたママが腕《うで》を組んで困《こま》った顔をしていた。

「おかえりカケル。あっ、そのチキン、パパの明日のお弁当《べんとう》に入れようと思ったのに」

「何かあったの？　電話」

カケルはソファに座《すわ》るとチキンにかぶりつく。

「里中《さとなか》さんちのおじいさん、行方《ゆくえ》不明なんだって」

「えっ、また？」

この町ではよく、高齢者《こうれいしゃ》が行方《ゆくえ》不明になる。

先月は田所《たどころ》さんちのおじいさん、その前の月は飯山《いいやま》さんちのおばあさん。

みんな、なぜか誕生日《たんじょうび》の翌日《よくじつ》に家を出ていったまま帰ってこないのだ。

いろいろと噂《うわさ》はささやかれているが、どこかに〈高齢者《こうれいしゃ》のオアシス〉のような場所があり、みんなそこで暮《く》らしているのではないかというのがもっとも有力な説だ。というのも、失踪後《しっそうご》、決まって家族のもとに「元気で暮《く》らしている」という内容《ないよう》の手紙が届《とど》くからだ。

差出人の名前と筆跡《ひっせき》から失踪者《しっそうしゃ》本人の書いたものだとわかっているらしいが、発送元の住所が書かれていないので〈オアシス〉の場所はわからないのだという。

「こっちも心配よね」

ママの視線《しせん》はテレビに移《うつ》る。ちょうどニュースを報《ほう》じていた。

『――昨日八日、S市立A小学校のトイレに不審者《ふしんしゃ》が侵入《しんにゅう》し、男子児童一名が怪我《けが》を負う事件《じけん》がありました。容疑者《ようぎしゃ》は凶器《きょうき》を所持したまま現在《げんざい》も逃走中《とうそうちゅう》です。S市内では、小学校に侵入《しんにゅう》した不審者《ふしんしゃ》に児童が襲《おそ》われる事件《じけん》が昨年六月から十三件《けん》起きており、いずれも容疑者《ようぎしゃ》の特定には至《いた》っておらず――』

S市内のあちこちの小学校で不審者《ふしんしゃ》による事件《じけん》が起きていた。同一犯《どういっはん》だといわれているが、まったく手がかりがつかめないらしい。

カケルはフライドチキンを食べ終えるとソファを立った。

「じゃ、ヒロトんちに遊びに行ってくる」

「暗くなる前に帰ってきなさいね」


インターホンを押《お》すと、家から出てくるなりヒロトは手を合わせて「ごめん」といった。


「遊ぶ約束してたけど、今日はムリな日だった」

「そうなの？　そっか、残念」

「わるい。おじいちゃんの誕生日《たんじょうび》のお祝いする日だって忘《わす》れててさ」

「へぇ、誕生日《たんじょうび》なんだ」

「カケルくん、いらっしゃい」


ヒロトのママが料理のお皿を持ってキッチンから出てきたところだった。


「こんにちは、おばさん――それじゃヒロト、また明日」

「あら、帰っちゃうの？」

「実はさ」とヒロトが説明すると、おばさんは「いいじゃないの」といった。

「せっかく来てくれたんだし、あがってもらいなさいよ。にぎやかなほうが、おじいちゃんも喜《よろこ》ぶわよ」

そういう流れで少しだけお邪魔《じゃま》させてもらうことになった。

奥《おく》の広間にヒロトの親戚《しんせき》たちが大勢《おおぜい》集まっていた。

テーブルにはたくさん料理が出ていて、カケルはから揚《あ》げやお寿司《すし》をご馳走《ちそう》になる。

お誕生日席《たんじょうびせき》の位置で、赤い座布団《ざぶとん》に座《すわ》ってごきげんなヒロトのおじいちゃんは、袖《そで》のない赤い服を着て、赤い帽子《ぼうし》をかぶっていた。

「なあ、ヒロトのおじいちゃんって赤色が好きなの？」

「今まで聞いたことなかったけど好きみたいだな。おれもびっくりしてるよ」

「ちょっと変わった感じの服だね」

「あー、**ちゃんちゃんこ**か。あれ変だよな」

袖《そで》のない服は、ちゃんちゃんこというらしい。名前も変だなとカケルは思った。

「年とると派手《はで》な色が好きになるのかなぁ」

「ぶっ、わははは」

カケルたちの会話を聞いていたヒロトの叔父《おじ》が我慢《がまん》できずに吹き出《ふだ》した。

「ヒロト、赤いものを着るのは別におしゃれのためじゃない。還暦祝《かんれきいわ》いだからだよ」

「かんれき祝い？　なにそれ」

聞いたことのないお祝いだ。ただの誕生日《たんじょうび》のお祝いではなかったのか。

「六十歳《さい》になることを還暦《かんれき》っていうんだよ。干支《えと》ってあるだろ？」

「それ知ってる。子《ね》、丑《うし》、寅《とら》ってやつでしょ？」

得意《とくい》げに答えるヒロトに叔父《おじ》は笑顔《えがお》で頷《うなず》く。

「そう。でも、それって実は正確《せいかく》な干支《えと》ではないんだよ」

〈干支《えと》〉は古くに日本に伝わった暦《こよみ》の読み方で、本来は**〈十干《じっかん》〉**と**〈十二支《じゅうにし》〉**を足した意味の言葉だという。

「〈十二支《じゅうにし》〉は年賀状《ねんがじょう》にみんなが描《か》いている動物だ。子《ね》・丑《うし》・寅《とら》・卯《う》・辰《たつ》・巳《み》・午《うま》・未《ひつじ》・申《さる》・酉《とり》・戌《いぬ》・亥《い》、十二ある暦《こよみ》のこと。もう一つの〈十干《じっかん》〉っていうのは、あんまり馴染《なじ》みはないけど、十日間を一区切りにしたものでね。その一日一日にあてられた暦《こよみ》の呼《よ》び方《かた》なんだ」

「そんなの聞いたことないよ。カケルは？」

「おれも初めて聞いたよ」

「わかりやすくいうと、そうだな」

ヒロトの叔父《おじ》はぐるりと見まわし、壁《かべ》に掛《か》かっているカレンダーを指した。

「カレンダーは一週間で一区切りだろ？　その一日一日に、月曜日、火曜日って呼《よ》び方《かた》がある。〈十干《じっかん》〉もこれと同じなんだ」

その十日は、甲《きのえ》・乙《きのと》・丙《ひのえ》・丁《ひのと》・戊《つちのえ》・己《つちのと》・庚《かのえ》・辛《かのと》・壬《みずのえ》・癸《みずのと》とされ、これと〈十二支《じゅうにし》〉を組み合わせることで、昔の人は詳《くわ》しい年月日をあらわしていた。

組み合わせは六十通りもあるらしく、ちょうど六十年でこの暦《こよみ》を一巡《いちじゅん》することになる。

だから六十年生きたということは、グラウンドを一周してスタート地点に着いたようなものだ。**生まれた年に還《かえ》ってきたから〈還暦《かんれき》〉というそうだ。**

ヒロトはさっきから首をひねっている。

「なんか難《むずか》しいなあ。おれ算数きらいだし。カケルはわかった？」

「わかったよ。別《べつ》に算数は関係ないと思うけど」

「ま、いいや。おじさん、なんでその還暦《かんれき》だと赤いのを着るの？」

「昔は生まれたばかりの子を悪いものから守るため、赤い色の産着《うぶぎ》を着せたんだ。赤は魔除《まよ》けの色っていわれていたからね」

生まれた頃《ころ》に戻《もど》って、そこから第二の人生、二周目が始まる。

これからも健康に長生きしてほしい——そんな思いを込《こ》めて、赤い頭巾《ずきん》、赤い座《ざ》布団《ぶとん》、赤いちゃんちゃんこを贈《おく》るのだそうだ。

「これも食べなさい」

ヒロトのおじいちゃんがフライドチキンの皿をカケルの前に置いた。

「あ、どうも」

さっきも食べてきたけど、冷凍《れいとう》食品と違《ちが》って揚《あ》げたてでおいしそうだ。

「若《わか》いうちにいっぱい食べときなさい。わたしみたいな年寄《としよ》りになったら、油っこいものは食べたくても食べられなくなるからな」

ヒロトのおじいちゃんはカッカッカッと金歯が見えるほど笑っていた。

次の日、カケルが登校すると教室はなにやら騒《さわ》がしかった。

「おはよう」

一つのグループの中からヒロトが手を振《ふ》った。

「昨日はおじいちゃんのお祝いに付き合わせて悪かったな」

「ううん。こっちこそごちそうになっちゃって。これ、なんの騒《さわ》ぎ?」

「ああ、A小の事件《じけん》だよ」

昨日のニュースでやっていた隣町《となりまち》の小学校の事件《じけん》だ。

「犯人《はんにん》つかまったの?」

「いや、そういうのじゃなくて。犯人《はんにん》が〈お化け〉なんだって話でさ」

「お化け?」

事件《じけん》の起きたA小学校では以前から、こんな怪談《かいだん》がささやかれていた。

⋮

放課後、個室《こしつ》トイレに入っていると、どこからともなく声が聞こえてくる。

「あかーいちゃーんちゃんこ、きせましょかー」

その声が聞こえてしまったら、正しい言葉を返さなければいけない。

間違《まちが》った言葉を返せば、首から血を吸《す》われてしまう。

被害《ひがい》に遭《あ》った人はみな、服に染《し》みついた血の跡《あと》が赤いちゃんちゃんこを着ているように見えるという。

何に襲《おそ》われたのかはわからない。

襲《おそ》われた人はみんな血を吸《す》われすぎて、何も話せない体になってしまうからだ。

死んでしまった人もいるらしい。

被害《ひがい》に遭《あ》ったA小の男子児童は、この怪談《かいだん》をまったく信じていなかった。

だから肝試《きもだめ》しのつもりで放課後のトイレに一人で入ったのだという。

「その子はお化けの祟《たた》りに遭《あ》ったんだって、みんないってるよ」

カケルは馬鹿馬鹿《ばかばか》しい話だと思って聞いていた。被害《ひがい》に遭《あ》った男子児童は、たまたまそんな怪談《かいだん》がささやかれている学校に入りこんだ不審者《ふしんしゃ》と、運悪く遭遇《そうぐう》してしまったのだ。

お化けなんて、この世にいるわけがないのだから――。


家に帰る途中《とちゅう》で雨が降《ふ》り出《だ》した。

ヒロトと公園で遊ぶ約束をしていたが今日はやめて宿題をやることにした。

「うわ、やばい」

家でランドセルを開けて、思わず大声をあげてしまった。

算数ドリルがない。教室の机《つくえ》の中に忘《わす》れてきたのだ。

窓《まど》から外を見ると雨はまだ降《ふ》っている。けっこうな大降《おおぶ》りだ。

面倒《めんどう》だけど取りに戻《もど》るしかない。

叩《たた》きつけるような雨の中、学校に戻《もど》ってドリルを無事に回収《かいしゅう》した。

空がゴロゴロと鳴り出したので急いで帰ろうとしたが、下駄箱《げたばこ》で靴《くつ》に履《は》き替《か》えようとしたら今度はカケルのお腹《なか》のほうがゴロゴロと鳴り出し、急に痛《いた》くなった。

「なんだよこんな時に、あいたたたたたた」

我慢《がまん》できない痛《いた》さになってきたので、仕方なく昇降口《しょうこうぐち》近くにあるトイレに駆《か》け込《こ》んだ。

個室《こしつ》トイレに入って座《すわ》ったら、なぜかスッとお腹《なか》の痛《いた》みがなくなった。

「あれ？」

しばらく座《すわ》っていたが再《ふたた》び痛《いた》みの波が来る感じはしなかった。

それならもう帰ろうと個室《こしつ》トイレのドアノブを摑《つか》んだ時だった。

「あかーいちゃーんちゃんこ、きせましょかー」

声が聞こえてきた。

そっとドアノブから手を離《はな》し、「誰《だれ》？」と聞いた。

返事はない。

誰《だれ》かがトイレに入っているのを見て、怖《こわ》がらせてやろうというたちの悪いイタズラだ。

怒鳴《どな》り返《かえ》してやろうか。でも上級生だったら……。

「あかーいちゃーんちゃんこ、きせましょかー」

何年生なのか、声から判断《はんだん》しようかと思ったが、男の子にも女の子にも聞こえるし、子どもにもお年寄《としよ》りにも聞こえる、なんとも不思議な声だ。

「あかーいちゃーんちゃんこ」

「きせましょかー」

急に声が近づいてきた。

声の主はカケルの入っている個室《こしつ》トイレの扉《とびら》の前にいる。

「あかーいちゃーんちゃんこ、きせましょかー」

まるで扉《とびら》に口をべったり押《お》し付《つ》けているみたいに、その声は大きくはっきりと聞こえた。

カケルはカッとなって返した。

「やってみろよ！　着せられるもんなら着せてみろ！」

長い沈黙《ちんもく》があった。

でもまだ扉《とびら》の前にいるのがわかる。

雨の音がさっきよりも激《はげ》しくざぶざぶいっている。

「そこで何してんだよ。誰《だれ》なんだよ、おまえ。名前とクラスいえよ」

返事がなければ、思いっきり扉《とびら》を開けてぶつけてやろうと思った。

がっ、と扉《とびら》の上に両手がかかった。

その指は日に焼けたように黒くて長くて皺《しわ》があって、大人の指だった。

背筋《せすじ》が凍《こお》りついたカケルは後ずさったが、すぐ後ろにある便器にぶつかってそのまま座《すわ》り込《こ》んでしまう。

扉《とびら》の上から顔が出てきて、個室《こしつ》トイレの中を覗《のぞ》き込《こ》んできた。

白い仮面《かめん》をつけていた。

顔全部を覆《おお》っているのではなく、口の部分が露出《ろしゅつ》している。

その口が笑った時、奥《おく》にきらりと光るものが見えた。

金歯だ。

その口には見覚えがあった。

「ヒロトの……おじいちゃん……？」

「還暦《かんれき》、還暦《かんれき》、ありがたや、ありがたや」

ヒロトのおじいちゃんはうれしそうに這《は》い上《あ》がって、個室《こしつ》トイレの中に入ってきた。昨日も見た赤いちゃんちゃんこを着ている。

「あの……これ……どういう……？」

「キミがわたしのかわりに、赤いちゃんちゃんこを着てくれるんだろ？」

「え？　あの」

「着せてみろって、さっきそういったよね」

ヒロトのおじいちゃんはカケルに飛びかかると首筋《くびすじ》にかぶりついた。

カケルは叫《さけ》び声《ごえ》をあげたが土砂降《どしゃぶ》りの雨の音がかき消してしまう。

じゅる、じゅるる、じゅぶるるじゅぶぶぶるるるる。

すごい勢《いきお》いで血を吸《す》われていく。

腕《うで》を振《ふ》り回《まわ》して抵抗《ていこう》したが、仮面《かめん》を弾《はじ》き飛《と》ばしただけだった。

からんからんと乾《かわ》いた音を立ててプラスチック製《せい》の仮面《かめん》が足元に落ちる。

どんどん力が抜《ぬ》けていき、意識《いしき》が遠のいてゆく。視界《しかい》が白くかすんでいく。

ふらっとカケルの体が傾《かたむ》き、花が萎《しお》れるようにへなへなと倒《たお》れた。

視界《しかい》はどんどんかすんでいく。

二十代くらいの男の人が薄《うす》い笑《え》みを口元に浮《う》かべてカケルを見下ろしている。知らない人だった。

でも、ひどく似《に》ている。皺《しわ》一つなく、肌《はだ》につやがあって別人だが、ヒロトのおじいちゃんにそっくりだ。

――いや、そっくりなんじゃない。

この人はさっきまで、ヒロトのおじいちゃんだったじゃないか。

「まさに生まれ変わったような清々《すがすが》しい気分だよ」

ありがとう、とお礼をいわれた。

どうしてお礼をいわれたのか、わけがわからない。

「腹《はら》が減《へ》った。油がしたたるくらいのフライドチキンにかぶりつきたいな」

口元の血を腕《うで》で拭《ぬぐ》うと、その場から立ち去った。

カケルはかすみゆく目で自分の手を見る。

皺《しわ》だらけで、おじいさんのような手だった。

さっきの男は血だけでなく、カケルから若《わか》さも吸《す》い取《と》っていったのだ。

カケルは叫《さけ》ぶ。その声は誰《だれ》にも届《とど》かない。

雨はやんでいたが、彼《かれ》の叫《さけ》びは声にはならず、ただヒュウヒュウと空気が漏《も》れるような音だけをさせていた。

翌朝《よくあさ》、二年生の男子児童がトイレで倒れている小柄《こがら》な老人を発見した。

そばに算数のドリルが落ちていて、名前の欄《らん》にはこう書かれていた。

『五年一組　オクヤマカケル』

老人は首に怪我《けが》をしており、服にべったりと染《し》みついた血の跡《あと》が――。

まるで赤いちゃんちゃんこを着ているようだった。

AKUSYUMI
MUSEUM

パラサイト

こちらの展示《てんじ》にご興味《きょうみ》が？

おや、ご興味《きょうみ》というより、「なんだこれは」というお顔ですね。

たしかに見た目は、おぞましいですね。

その円筒形《えんとうけい》のガラスびんに入っている液体《えきたい》はホルマリンです。

ホルマリンの中に浮《う》かんでいる複数《ふくすう》の紐状《ひもじょう》のもの。

動いていますでしょう？

そうです。生きております。

ある場所で繁殖《はんしょく》していたものですが、そこがもう棲《す》めなくなったため、当館が引き取ることになったのです。
展示《てんじ》の前に札があるのが見えますでしょうか？
そこに〈蛔〉という一文字だけがありますね。
これが、お客様の「なんだこれは」の答えです。
虫が回ると書くこの字は「カイ」と読みます。
これは一文字で、ある特殊《とくしゅ》な生物を意味しています。
少し長くなりますが、
解説《かいせつ》をさせていただきますね。

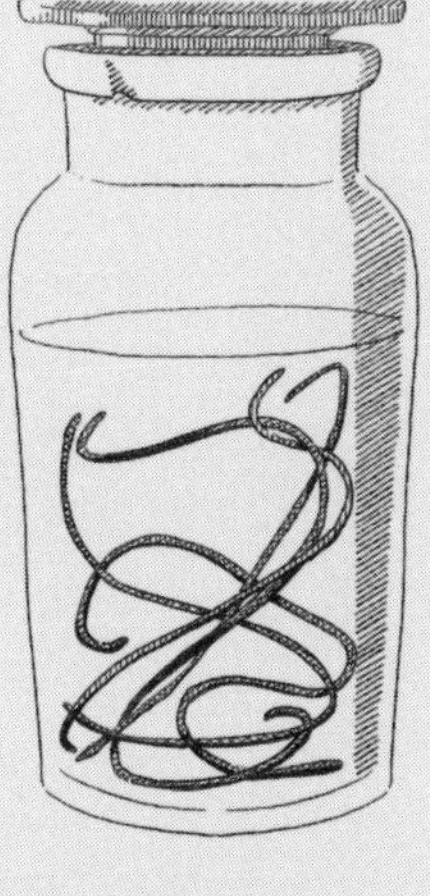

左奈田《さなだ》タケオは、とても変わり者だ。

それはまだ気を遣《つか》った言い方で、女子たちは陰《かげ》で「こわい」「キモい」といっている。

理由はタケオが教室に〈虫〉を持ってくるからだ。

とくに多いのはカマキリ。しかも彼《かれ》の持ってくるのは、笹《ささ》の葉《は》のような翅《はね》の下から、でっぷりとしたお腹《なか》がはみ出るくらいのビッグサイズなカマキリだ。

他にはバッタ、コオロギ、珍《めずら》しいものだとカマドウマ（長い触角《しょっかく》があって、太い後《うし》ろ脚《あし》でぴょんぴょんと跳《と》ぶ変な虫だ）。ナメクジやカタツムリの時もある。

そんな虫ばかり持ってきて何をするのかというと、タケオは自分の机《つくえ》の上に教科書やノートで衝立《ついたて》を作り、手元を隠《かく》しながら虫を見てブツブツ独《ひと》り言《ごと》を呟《つぶや》く。

その手は、何やらもそもそと動いている。

いったい、何をしているんだろう？

それは誰《だれ》も知らない。知りたくもない。

女子たちは〈手術《しゅじゅつ》〉をしているのだと噂《うわさ》している。教科書やノートの〈壁《かべ》〉の向こうから、カチカチカチカチとカッターの刃《は》を出す時の音が聞こえるからだ。

カマキリやナメクジを手術《しゅじゅつ》だなんて、ゾッとする。だから誰《だれ》も、彼《かれ》の後ろから覗《のぞ》き込《こ》んだりはしないし、休み時間は彼《かれ》の机《つくえ》からみんな離《はな》れている。

タケオが避《さ》けられている理由はそれだけじゃない。彼《かれ》は近寄《ちかよ》りがたい空気を全身から出していた。別に近寄《ちかよ》ったからって睨《にら》んでくるわけじゃないし、大声をあげるわけでもない。ただ「話しかけるな」という空気を出しているのだ。

それでも学校だから、嫌《いや》でも話しかけなければならないこともある。

でもタケオは話しかけても目を合わせてくれないし、返事もしない。無言で首を横や縦《たて》に振《ふ》るだけなのだ。

そんなわけだから、タケオに近づこうとするクラスメイトはいなかった。

いつ見ても彼《かれ》は独《ひと》りぼっち。

でも、たった一人だけ。そんな彼《かれ》のことを、とても気にしている男子がいた。

給食後のお昼休み。空川《そらかわ》シンヤはよくタケオをドッジボールに誘《さそ》った。

「左奈田くん、キミもこっちに来て一緒《いっしょ》にやらない？」

彼《かれ》はスポーツ万能《ばんのう》、明るく優《やさ》しく、正義感《せいぎかん》もあってクラスの人気者だ。そういう性格《せいかく》だから、いつも孤立《こりつ》しているタケオのことが気になっていた。

「けっこうおもしろいよ？　どう？」

タケオは無言で首を横に振《ふ》る。

「そっか。じゃあ、また声かけるからさ。もし気が向いたら、一緒《いっしょ》に遊ぼうよ」

タケオは首も振《ふ》らず、自分の世界に戻《もど》ってしまう。そんな彼《かれ》を見て、シンヤはいつも思うのだ。

ずっと独《ひと》りぼっちで寂《さび》しくないんだろうか。つまらなくないんだろうか。

いや、きっと寂《さび》しくて、つまらないに決まってる。自分だったら絶対《ぜったい》に耐《た》えられない。きっと彼《かれ》はとてもおとなしい性格《せいかく》だから、友だちを作ることが苦手なんだ。ドッジボールじゃだめなんだ。運動系《うんどうけい》は好きじゃないんだろう。それなら誘《さそ》っても嫌《いや》な気持ちにさせてしまうだけだ。きっとタケオのような人にとって、そういうのはお節介《せっかい》であって、とても迷惑《めいわく》な行為《こうい》なのだ。

それでもあきらめず、シンヤはタケオをいろんなことに誘《さそ》った。

「中村《なかむら》くんちに集まってゲームやるんだけど来ない？」

「みんなで川へ釣《つ》りに行くんだけど興味《きょうみ》ない？」

でもタケオが首を縦《たて》に振《ふ》ることはなかった。

ゲームにも釣《つ》りにも興味《きょうみ》がないのだ。

じゃあ、彼《かれ》が興味《きょうみ》を持ちそうなことなら――。

無理だ。もし、女子たちの噂《うわさ》どおり、彼《かれ》が虫の〈手術《しゅじゅつ》〉なんてしていたら……。


ある日の放課後。

シンヤは校庭の開放時間に友だちとサッカーをしていた。シュートをはずし、転がっていったボールを追いかけに行ったシンヤは、校舎裏《こうしゃうら》にタケオの姿《すがた》を見た。

校舎裏《こうしゃうら》は背《せ》の高い木がたくさん生え、茂《しげ》った葉っぱが屋根になって一日中、日陰《ひかげ》になっている。だからいつも土が湿《しめ》った感じになっていて、この日もおとといの雨でできた水溜《みずた》まりがまだ残っていた。

その水溜《みずた》まりのそばにタケオは屈《かが》み込《こ》んでいる。

「何してるの？」

シンヤは後ろから声をかけた。

タケオはなんにも反応《はんのう》しない。そっと後ろから覗《のぞ》き込《こ》むと、タケオは手に大きなカマキリを持っている。

まさか、こんな場所でも〈手術《しゅじゅつ》〉を……。

タケオはカマキリをゆっくり水溜《みずた》まりに下ろす。ふっくらしたお腹《なか》が水にポチャリとつかると、カマキリは両手のカマを振《ふ》り回《まわ》し、脚《あし》をわきわきと動かす。

「ちょ、ちょっと、左奈田くん、やめなよ、苦しそうだよ」

タケオは何も答えない。

するとカマキリのお尻《しり》から、黒い糸のようなものがニョロニョロと出てきた。

「うわっ、うんちした！」

いや、うんちじゃない。カマキリのお尻《しり》から出てきた黒い糸のようなものは、ウニョウニョと生きているように水の中で暴《あば》れ出《だ》したのだ。

「左奈田くん……それ、何……？　なんでカマキリからミミズが……」

「ハリガネムシ」

「え？」

「ミミズじゃない。ハリガネムシ」

こんなに長くタケオの声を聞いたのは初めてだった。

彼《かれ》の声を聞くのは、先生が出席をとる時の「はい」くらいだ。

ここだ、と思った。この会話を続けよう、と。

「すごいよ、左奈田くん。ぼく、こんな生き物、初めて見たよ」

タケオはそこで初めてシンヤに顔を向ける。目が合った。

「**〈寄生虫《きせいちゅう》〉**っていうんだ」

「きせい……ちゅう？」

「他の生物の体内に棲《す》みついて生きる生物のことだよ」

このハリガネムシも、その寄生虫《きせいちゅう》の一つで、カマキリやカマドウマといった陸上の昆虫《こんちゅう》の体内に宿り、その脳《のう》を支配《しはい》して、体を操《あやつ》る。

操《あやつ》られた陸上昆虫《こんちゅう》は水辺に向かわされ、水の中に入っていく。すると陸上昆虫《こんちゅう》のお尻《しり》からハリガネムシは逃《に》げ出《だ》し、水の中で卵《たまご》を産む。卵《たまご》から孵《かえ》った幼生《ようせい》は、水中にいる昆虫《こんちゅう》の幼虫《ようちゅう》に食べられる。その水生昆虫《こんちゅう》の幼虫《ようちゅう》は、ハリガネムシの幼生《ようせい》を体内に宿したまま育ち、成虫となって陸上に出て、陸上昆虫《こんちゅう》に食べられる。

しかしハリガネムシの幼生《ようせい》は死なず、今度は陸上昆虫《こんちゅう》のお腹《なか》の中で成長し続け、やがて針金《はりがね》のような姿《すがた》の成体となって、**宿主の脳《のう》を支配《しはい》して水へと向かわせる。**

「これが、その成体」とタケオは水溜《みずた》まりの中で動く黒い糸を指さした。

こんなにペラペラと話すタケオは見たことがなく、シンヤは驚《おどろ》いた。

それと同じくらい、そんな生物が存在《そんざい》するということに衝撃《しょうげき》を受けた。

「……すごく変わった生き物だね。脳《のう》を支配《しはい》するとか、なんだかこわいな」

「でも、そのサイクルのおかげで、川の生態系《せいたいけい》のバランスが守られているんだ」

「え、どういうこと？」

「ハリガネムシは陸から川へと栄養を運んでいる。魚の餌《えさ》となる昆虫《こんちゅう》をね。このサイクルがなくなってしまうと、魚は水中にいる昆虫《こんちゅう》を食べるようになってしまう」

すると、川の藻《も》や落ち葉を食べていた水生昆虫《こんちゅう》が減少《げんしょう》する。その結果、川の藻《も》が増《ふ》え、落ち葉を掃除《そうじ》するものがいなくなって、水質《すいしつ》が汚染《おせん》され、川の生態系《せいたいけい》が大きく変わってしまう。

「この子たちがいなければ、川はどうなっていたかわからない」

タケオの目は水溜《みずた》まりの中で元気に動き回るハリガネムシに向けられる。

「すごいんだな、ハリガネムシ。……うんっ。すっごく、おもしろい」

こんな気持ちの悪い生き物が、川の平和を守っているのだ。

シンヤは心の底から感動していた。

「他にも、いろんなおもしろい寄生虫《きせいちゅう》がいるよ」

「左奈田くん、よければ、ぼくにもっと教えてよ」

「じゃあ、今から見に来る?」


タケオの家は、大きくて古い木造《もくぞう》の一軒家《いっけんや》だった。

広い庭のすみに小さな小屋があって、シンヤはそこに招《まね》かれた。

「ここは、ぼくの研究室なんだ」

小屋の中は少し、じめっとしていた。たくさんの飼育《しいく》ケースがあり、その中にはいろんな生き物がいる。

「飲み物でも持ってくるよ」とタケオは小屋を出ていった。

シンヤは飼育《しいく》ケースをまじまじと見つめた。

カマキリ、カマドウマ、コオロギ、ナメクジ、ネズミ。いろんな生き物がいる。

シンヤはカタツムリの飼育《しいく》ケースに目をとめる。

どこにでもいるようなカタツムリだ。でも、触角《つの》が変だった。赤や緑の縞模様《しまもよう》があり、その模様《もよう》が触角《しょっかく》の中を前後に行ったり来たりして動いている。

「すごいだろ、それ」

タケオがジュースの載《の》ったお盆《ぼん》を持って入ってきた。

「珍《めずら》しいカタツムリだね」

「わざわざ、沖縄から取《と》り寄《よ》せたんだ。でも珍《めずら》しいのはカタツムリじゃなくて、その触角《しょっかく》の中にいる子たちなんだ」

「中にって……えっ、じゃあ、これも寄生虫《きせいちゅう》？」

「ロイコクロリディウム」

「ロイコ……なんか舌《した》を噛《か》みそうな名前だね」

「派手《はで》な色をしてるでしょ。これを動かすことでイモムシのように見せているんだ」

「なんでそんなことするの？」

「**宿主のカタツムリを鳥に食べさせるためさ**。彼《かれ》らは鳥の腸《ちょう》の中で栄養を得《え》て成長する寄生虫《きせいちゅう》なんだ。カタツムリの他にも――」

タケオは無口なわけではない。好きなものについては誰《だれ》よりもたくさん喋《しゃべ》る。

きっと彼《かれ》にとって、寄生虫《きせいちゅう》は友だちみたいなものなのだ。いつも独《ひと》りぼっちで寂《さび》しいんじゃないかと思っていたけど、それは思《おも》い違《ちが》いだったのだ。

「左奈田くん、聞いてもいいかな」

「なに？」

「いつも教室に虫を持ってきて何かしてるけど、あれって、何してるの？」

「研究だよ」

カマキリのお腹《なか》の中にハリガネムシがどういうふうに入っているのか。何匹《なんびき》入っているのか。この虫のお腹《なか》に寄生虫《きせいちゅう》はいるのか。どんな寄生虫《きせいちゅう》がいるのか。

それを知りたくて、虫のお腹《なか》を開いているんだという。女子たちの〈手術《しゅじゅつ》〉の噂《うわさ》はデタラメでもなかったようだ。

「クラスで気持ち悪いって思われてるのは知ってるよ」

でも、まったく気にしていないし、独《ひと》りぼっちでいることもぜんぜん平気なのだという。

「ぼくは、知りたいことが山ほどあるんだ。寄生虫《きせいちゅう》について、もっともっと知りたい。家でも、ご飯と寝《ね》ている時以外は、彼《かれ》らのことを研究してる。でもそれだけじゃぜんぜん時間が足りない。本当は学校に行っている時間も、ずっと研究をしていたい。だから、みんなみたいに遊んでいる時間は、ぼくにはないんだ」

それから、シンヤとタケオが二人でいるところがよく見られるようになった。

あんなに無口で誰《だれ》とも目も合わさなかったタケオが、シンヤとだけは普通《ふつう》に会話をしていた。シンヤは「左奈田くん」から「タケオくん」と呼《よ》ぶようになり、タケオもシンヤに少しずつ心を開いていっているようだった。

そんな二人を見て、クラスメイトはみんな不思議がった。

「なんで左奈田なんかといるの？　あんな暗いヤツと付き合わないほうがいいよ？」

そんなことをいってくる子もいた。だからシンヤはこう返した。

「暗いことの何が悪いの？」

「え……いや、だってさ」

「別にタケオくんは誰《だれ》にも迷惑《めいわく》をかけてないよ」

「ま、まあ……そうだけどさ」

「それにタケオくんは暗くなんかない。そうやって陰《かげ》でこそこそ悪口いってるほうが暗いんじゃない？」

シンヤは正しいことをいっている。

でも、クラスメイトは受け入れようとはしなかった。人気者は、学校で虫を〈手術《しゅじゅつ》〉するような子とは付き合ってはならないのだ。

よってシンヤは人気者ではなくなった。これまで笑いながら話しかけてきたクラスメイトも、今では離《はな》れたところから冷たい目を向け、声をかけてこなくなった。

シンヤは別に気にしなかった。そんなことで離《はな》れていくのは友だちでもなんでもない。きっと今までも、うわべだけの関係だったのだ。そのことに気づけて良かったと思った。それに今は、新しい友だちがいる。

タケオはすごい。彼《かれ》の話すことはシンヤがまったく知らない世界だ。寄生虫《きせいちゅう》は知れば知るほど、不思議で興味《きょうみ》の尽《つ》きない生き物だった。

シンヤは毎日、タケオの家へ行った。庭にある小屋で〈研究〉をした。学校でも一緒《いっしょ》に〈研究〉をした。誰《だれ》の目も気にせず、知りたいことを追究《ついきゅう》するタケオを、シンヤは心の底から尊敬《そんけい》していた。

ある日、いつもの〈研究室〉でハリガネムシのたっぷり詰《つ》まったカマキリのお腹《なか》を見ながら、タケオはこんなことを話し出した。

「寄生虫《きせいちゅう》ってね、人間の中にいることもあるんだよ」

「えっ⁉」

びっくりしたシンヤは自分のお腹《なか》を見る。

「大丈夫《だいじょうぶ》、キミの中にはいないよ。回虫《かいちゅう》や蟯虫《ぎょうちゅう》とか、昔は日本人の多くが、お腹《なか》にムシを持っていたんだ。今よりずっと衛生環境《えいせいかんきょう》が悪いなかで暮《く》らしていたからね」

シンヤはホッとする。寄生虫《きせいちゅう》は興味《きょうみ》のある生き物だけれど、さすがに自分のお腹《なか》の中にはいてほしくない。

「それって、どんなムシなの？」

「いろいろ種類があるんだよ。回虫《かいちゅう》はミミズみたいに長いムシで、蟯虫《ぎょうちゅう》はもっと小さいんだ。なかでもぼくが好きなのは、白くて、平たくて、ゴム紐《ひも》みたいな見た目のやつでね。名前をサナダムシっていうんだけど」

「サナダムシ……え！」

「そう。漢字は違《ちが》うけど、ぼくの名字と一緒《いっしょ》なんだ。人のお腹《なか》の中で十メートルの長さに育ったケースもあるんだよ」

うれしそうに話しながら、タケオはこう続けた。

「寄生虫《きせいちゅう》は英語で〈パラサイト〉っていうんだけど、この言葉は他人に依存《いそん》するって意味でもあるんだ」

「依存《いそん》？」

「他の人を頼《たよ》りにして生きていくことだよ。そう聞くと、なんだか愛《いと》おしいよね」

タケオは難《むずか》しい言葉を知っている。そういうところもシンヤは尊敬《そんけい》していた。

「シンヤくん、ぼくはね、一度でいいから見てみたい、憧《あこが》れの寄生虫《きせいちゅう》があるんだ」

「へえ。タケオくんが憧《あこが》れるなんて、よほど珍《めずら》しいんだろうね」

「**〈応声虫《おうせいちゅう》〉**っていうんだ」

中国に古くから伝わる、人の腹《はら》の中に宿るという生き物。見た目は角が生えたトカゲみたいなムシなのだともいう。

「トカゲ？　それでもムシなんだ？　たしかに珍《めずら》しいね」

「この寄生虫《きせいちゅう》はね、声をかけると、お腹《なか》の中から返事をするんだ」

「えっ、人の言葉を喋《しゃべ》るってこと!?」

「うん。〈声〉に〈応《おう》〉じる〈虫〉。だから〈応声虫〉って呼《よ》ぶんだ」

「それは……さすがに本当の話じゃないよね？」

タケオは頷《うなず》いた。

「もちろん、架空《かくう》の寄生虫《きせいちゅう》だよ」

「だよね。一瞬《いっしゅん》、ほんとにいるのかと思ってびっくりしたよ」

「でも、実在《じつざい》したら最高だと思うんだ」

タケオは遠くを見るような目をした。その目はすぐに戻《もど》ってきてシンヤを見た。

「それでね、シンヤくん。キミに話したいことがあるんだ」

「どうしたの、あらたまって」

「明日から、もう研究室《ここ》には来ないでほしい」

「えっ」

おもわず大きな声が出た。

「なんで？」

「ぼくは、次の研究をしたい。一人で集中したいんだ」

「なんでも手伝うよ」

「いや、一人でいい。一人がいいんだ。手伝ってもらうことなんて何もないし」

「でも、そんな急に――」

「正直、ここずっと、キミが来るようになってから研究が遅《おく》れてる」

「邪魔《じゃま》なんてしてないよ」

「こうやって話していることも、研究の時間が削《けず》られているんだ」

「でも……ぼくの友だちは、今はキミだけなんだ」

「それはキミが自分でそうしたんだ。ぼくには関係ない」


二人は絶交《ぜっこう》した――クラスメイトのあいだで、そんな噂《うわさ》が広まった。

シンヤとタケオが一緒《いっしょ》にいなくなったからだ。シンヤはタケオのそばに行かないし、タケオは前と同じように机《つくえ》に衝立《ついたて》を立て、一人でこそこそやっている。

タケオとの縁《えん》が切れたからといって、シンヤの周りにみんなが戻《もど》ってくることはなかった。ただクラスで孤立《こりつ》しているのが二人になったというだけだ。

そんなある日の授業中《じゅぎょうちゅう》、タケオが腹痛《ふくつう》を訴《うった》え、保健室《ほけんしつ》に連れて行かれた。

彼《かれ》はそれから救急車《きゅうきゅうしゃ》で運ばれた。

次の日、タケオは学校を欠席した。その次の日も。そのまた次の日も。

一週間経《た》っても学校に来ないので、シンヤは彼《かれ》の入院している病院へ行った。

タケオは病室のベッドで、壁《かべ》よりも真っ白な顔でがりがりに痩《や》せていた。

「シンヤくん、来てくれたんだ」

頬《ほお》のこけた顔にうれしそうな笑《え》みが浮《う》かんだ。

「タケオくん、大丈夫《だいじょうぶ》なの？　何があったの？」

「〈応声虫《おうせいちゅう》〉を育てられないかと思ってね」

タケオは〈実験〉の一環《いっかん》として、いろいろな寄生虫《きせいちゅう》の卵《たまご》を飲《の》み込《こ》んだらしい。そのムシたちが腹《はら》の中で繁殖《はんしょく》し、あちこちを食《く》い破《やぶ》ってしまったそうだ。

「キミに冷たくしたバチが当たったのかもね――そうだ」

タケオはサイドテーブルから、ジュースのペットボトルと紙コップを手に取る。

「これくらいしか、おもてなしはできないけど」

そういって紙コップにジュースをそそぐとシンヤに渡《わた》す。

「ありがとう。でも、そんな気を遣《つか》わないでよ」

「ぼくはキミに、とてもひどいことをいった。それなのに、こうして会いに来てくれた。うれしいんだよ。――実はね、会いに来てくれるって信じてたんだ」

「ほんとはもっと早く来たかったんだ。ごめんね」

タケオはとてもいい笑顔《えがお》を見せた。

「キミは本当にいい人だ。ぼくの一生の友だちだよ」


左奈田タケオが亡《な》くなった。

数日後の朝の会で、クラスの担任《たんにん》がみんなにそう伝えた。

その晩《ばん》、シンヤは布団《ふとん》の中で眠《ねむ》れなかった。タケオと過《す》ごした日々は様々な驚《おどろ》きにあふれ、とても充実《じゅうじつ》していた。もう、そんな日はやってこないのだと思うと涙《なみだ》が出てきた。

「シンヤくん」

タケオの声がした。部屋を見回すが、もちろんどこにもいない。

幻聴《げんちょう》だ。彼《かれ》は死んだのだ。

「シンヤくん、ごめんね」

——いや。聞《き》き間違《まちが》いではない。これはタケオの声だ。幽霊《ゆうれい》になって、最後のお別れをいいに来たんだと思った。

「シンヤくん。ぼくはね、ずっと独《ひと》りでも良かったんだ。でもね、シンヤくんが話しかけてきてくれて、ぼくの話を聞いてくれて、とてもうれしかったんだよ」

「タケオくん……そんなこと……」

そんなこと、死んじゃってからいわれても――。

「シンヤくん、ぼくはずっとキミの友だちだ」


そこで目が覚めた。

カーテンの隙間《すきま》から射《さ》し込《こ》む朝日が顔に当たっていて、とてもまぶしい。

「……夢《ゆめ》だったのか……そうだよね……」

起き上がって、カーテンを開ける。窓《まど》から朝空を見上げる。

「タケオくん、天国から見ていてね」

「もっと近くで見ているよ」

お腹《なか》の中から、タケオの声が返ってきた。

郵 便 は が き

料金受取人払郵便

小石川局承認

1159

差出有効期間
2026年 6 月30
日まで
（切手不要）

1 1 2-8 7 3 1

東京都文京区音羽二丁目
十二番二十一号

講談社
児童図書編集 行

愛読者カード　今後の出版企画の参考にいたしたく存じます。ご記入の上ご投函くださいますようお願いいたします。

お名前

ご購入された書店名

電話番号

メールアドレス

お答えを小社の広告等に用いさせていただいてよろしいでしょうか？
いずれかに○をつけてください。　〈 YES　NO　匿名なら YES〉

TY 000049-2405

この本の書名を
お書きください。

あなたの年齢　　歳（小学校　年生　中学校　年生　高校　年生　大学　年生）

●この本をお買いになったのは、どなたですか？

1. 本人　2. 父母　3. 祖父母　4. その他（　　）

●この本をどこで購入されましたか？

1. 書店　2. amazon などのネット書店

●この本をお求めになったきっかけは？（いくつでも結構です）

1. 書店で実物を見て　2. 友人・知人からすすめられて
3. 図書館や学校で借りて気に入って　4. 新聞・雑誌・テレビの紹介
5. SNS での紹介記事を見て　6. ウェブサイトでの告知を見て
7. カバーのイラストや絵が好きだから　8. 作者やシリーズのファンだから
9. 著名人がすすめたから　10. その他（　　）

●電子書籍を購入・利用することはありますか？

1. ひんぱんに購入する　2. 数回購入したことがある
3. ほとんど購入しない　4. ネットでの読み放題で電子書籍を読んだことがある

●最近おもしろかった本・まんが・ゲーム・映画・ドラマがあれば、教えてください。

★この本の感想や作者へのメッセージなどをお願いいたします。

AKUSYUMI MUSEUM

タクシー怪談《かいだん》

お客様のご覧《らん》になっている、そちらの展示《てんじ》。

何に使われていたものなのか、おわかりになりますか？

――いえいえ。おわかりにならないのは当然です。

これだけで見る機会など、ほとんどありませんから。

こちらは、タクシーの屋根についている表示灯《ひょうじとう》。

通称《つうしょう》、『行灯《あんどん》』です。

ここにはタクシー会社の社名やシンボルマークが入っており、

四角い形、ひし形、星形、電球のように丸いものなど、

様々な形のものがあります。

これは飾《かざ》りではなく、防犯上《ぼうはんじょう》、とても大切なものなんだそうです。
たとえば、強盗《ごうとう》に遭《あ》うなどの緊急事態《きんきゅうじたい》になった時。
運転手はこれを点滅《てんめつ》させることで、
周囲《しゅうい》にＳＯＳを送ることができるのです。
つまり、『行灯《あんどん》』が点滅《てんめつ》しているタクシーは、
「助けて！」と救《すく》いを求めて叫《さけ》んでいるのです。
この『行灯《あんどん》』がついていたタクシーは――。
なぜ、ＳＯＳを出したのでしょうか？

「あーあ。こんな時間になっちゃったよ。嫌《いや》だなぁ……」

太田信一《おおたしんいち》の運転するタクシーは、真っ暗な夜道を走っていた。

R山の峠道《とうげみち》。ここは、あまり通りたくなかった。

周囲《しゅうい》は深い森。道路は背《せ》の高い木々に見下ろされ、昼間でも薄暗《うすぐら》い。人が歩くような道ではないし、他の車とすれ違《ちが》うこともほとんどない。まるで、この世に自分一人だけしかいないような心細い気持ちになる。

なにより嫌《いや》なのは、この先にある霊園《れいえん》だ。

タクシー会社の同僚《どうりょう》のあいだで、「幽霊《ゆうれい》を見た」という噂《うわさ》がささやかれているのだ。なんでも、深夜に霊園《れいえん》のそばを通ると、若《わか》い女の人が一人でポツンと立っている姿《すがた》を見るのだとか——。

ブルッと震《ふる》えあがる。

想像《そうぞう》してはだめだ——そう自分に言い聞かせれば言い聞かせるほど、こわい気持ちがふくらんでいく。背《せ》の高い木々の影《かげ》が、うつむく人たちの影《かげ》に見えてくる。

タクシーのヘッドライトが、数十メートル先にある看板《かんばん》を照らし出す。

『R山霊園《れいえん》　入り口』

ゆるやかなカーブ沿《ぞ》いに低い柵《さく》があり、墓石《はかいし》のシルエットが浮《う》かび上《あ》がる。

太田はギョッとする。

看板《かんばん》のある霊園《れいえん》の入り口に、白いワンピースを着た女性《じょせい》が立っている。

「まさか……幽霊《ゆうれい》……？」

女性《じょせい》は手を振《ふ》っている。タクシーを止めようとしているのだ。

こんな深夜に、一人でお墓参《はかまい》りなんてするはずがない。見なかったことにしたいが、もし道に迷《まよ》って帰れずに困《こま》っている人だったら。

だめだ。無視《むし》なんてできない。

霊園《れいえん》入り口の前でタクシーを止め、後部ドアを開ける。冷たい風とともに、長い黒髪《くろかみ》の女性《じょせい》が乗《の》り込《こ》んできた。

後部座席《ざせき》の真ん中に座《すわ》った女性《じょせい》は、バッグを抱《かか》えてうつむいている。

その姿《すがた》をルームミラーで見ながら、太田はおそるおそる訊《たず》ねた。

「……どちらまで？」

女性《じょせい》はゆっくりと顔を上げた。二十代後半から三十代前半くらい。ひどく痩《や》せていて、頬《ほお》がこけている。顔色が白く、目もうつろで、唇《くちびる》の端《はし》に血がついている。

太田は出かけた悲鳴を必死に飲《の》み込《こ》んだ。

――やっぱり幽霊《ゆうれい》だ。本物の幽霊《ゆうれい》を乗せてしまったのだ。

ハンドルを握《にぎ》る手の震《ふる》えが止まらない。

呪《のろ》わないでください！　とり憑《つ》かないでください！　心の中で祈《いの》る。

「A駅のほうまで行ってください……」

小さくかすれた声で女性《じょせい》が伝えてきた。

A駅は、ここから車で一時間近くかかる。そこまで幽霊《ゆうれい》と二人きりだなんて耐《た》えられるだろうか。今、この瞬間《しゅんかん》も逃《に》げ出《だ》したい気持ちでいっぱいなのに……。

「そ、それでは、出発いたします」

タクシーは暗い峠道《とうげみち》を、ゆっくりと麓《ふもと》に向かって下りていく。

もっと速度を上げて、さっさと目的地に着いてしまいたい。でも道はカーブが多く、スピードを出すのはとても危険《きけん》だった。

重苦しい沈黙《ちんもく》が車内を支配《しはい》している。いつもなら、「今日は暑いですね」「お仕事帰りですか」と乗客に話しかけるのだが、さすがに今夜は無理だ。

幽霊《ゆうれい》は自分が死んでいることに気づいていない——そんな話を聞いたことがある。死んでいることに気づいてしまった幽霊《ゆうれい》は、生きている者を羨《うらや》んで道連れにしようとするとも……。

ヘタなことをいえば、死んでいることを気づかせてしまうかもしれない。どうかこのまま「ただの乗客」として、目的地までおとなしく乗っていてほしい。

どれぐらい沈黙《ちんもく》の時間が続いただろうか。

「あの」と、女性《じょせい》が声をかけてきた。

ビクンと肩《かた》を震《ふる》わせ、「は、はい！」と返した。ルームミラーごしに目が合う。

「な……なんでしょうか？」

「このタクシーが通ってくれて、本当に助かりました」

「へ？　あ、ああ、それは、よかったです。は、はは、ははは……」

普通《ふつう》に笑いたいのに、ぎこちない笑いになってしまう。

「一人で困《こま》ってたんです。スマホの電波がぜんぜん繋《つな》がらなくて、タクシーを呼《よ》ぶこともできなかったんで……」

「え、スマホ？」

その単語が出た途端《とたん》、一気に緊張《きんちょう》が解《と》けた。

「山の中だからなんですかね、アンテナが一本も立たなくて……」

女性《じょせい》はそういってスマートフォンを見ながら、ハァッとため息をつく。

スマートフォンを持っている幽霊《ゆうれい》なんて聞いたことがない。この女性《じょせい》は、ただの困《こま》っている人だったのだ。

「それは大変でしたね、お客さん。たしかに、このあたりは電波が悪いんです。森が電波をさえぎってるんでしょうね」

「ここの森、クマとかいそうですよね。ほんと、拾ってもらってよかった……」

女性《じょせい》は窓《まど》に顔を近づけ、黒い壁《かべ》のような森を見ている。

「クマはわかりませんが、この辺の森は野生の生き物がたくさんいますよ。たまにタヌキが道路に飛び出してくるんでびっくりします」

「タヌキ!? かわいい! それは見たいなぁ」

「ところで、こんな時間にあんなところで何をされてたんです?」

女性《じょせい》はバッグから一冊《さつ》の文庫本を出し、ミラーに映《うつ》るように見せる。

「わたし、ホラー作家なんです。これ、わたしが書いた本」

「作家さん？　それはすごい。ホラーって、お化けとか出る話ですか？」

「はい。ガッツリ幽霊《ゆうれい》が出ます。今、次の本の舞台《ぶたい》をどこにしようかって考えているんですけど、なかなかいいアイデアが出なくて……」

「じゃあ、もしかしてネタ探《さが》しにR山に？」

「はい。心霊系《しんれいけい》に詳《くわ》しい先輩《せんぱい》作家に相談したら、夜のR山霊園《れいえん》は『出る』って話を聞いたんで、じゃあ取材に行ってみようかなって」

なるほどねぇ、と太田は頷《うなず》いた。

「本物の幽霊《ゆうれい》が出たら、いいネタになりそうですもんねぇ」

「それを期待して、電車を何本も乗《の》り継《つ》いで、駅からタクシーに乗って来たんです」

「たいしたもんです。それで……出たんですか？」

いえいえ、と女性《じょせい》は手を振《ふ》った。

「夜になってから霊園《れいえん》の中を歩いてみたんですけど、ぜんぜん。でもせっかく来たんだし、森の中の写真でも撮《と》っていこうって。そしたら、こんなことに……」

女性《じょせい》は気まずそうに笑った。

「そうだったんですねぇ。いや、お恥《は》ずかしい話なんですが――私《わたし》もタクシー会社の同僚《どうりょう》から、こわい噂《うわさ》を聞いてしまいましてね。お客さんが幽霊《ゆうれい》なんじゃないかと……」

「えっ、その噂《うわさ》って、もしかして『**タクシー幽霊《ゆうれい》**』ですか？」

　太田は首をひねる。

「タクシー……幽霊《ゆうれい》？　なんですか、それ」

「昔からある有名な怪談《かいだん》です。タクシー業界の人なら知ってるかと思ったんだけど」

「いやあ、その手の話は苦手で。聞いたことはあっても詳《くわ》しくはないんですよ」

「**『タクシー幽霊《ゆうれい》』は、『乗せた客が幽霊《ゆうれい》だった』ってオチの怪談《かいだん》です。**話の形は一つだけじゃなくて、いくつかパターンがあるんですけど——一番有名なのは、この話かな」


　深夜。タクシーが霊園《れいえん》の前で、一人の若《わか》い女性客《じょせいきゃく》を乗せた。

　暗い雰囲気《ふんいき》の女性《じょせい》で、目的地だけを告《つ》げると下を向いて黙《だま》り込《こ》んでしまった。

　運転手は気味が悪く思いながらハンドルを握《にぎ》っていた。

　やがて目的地に着くと、女性《じょせい》はお金を取ってくるといって、一軒《けん》の家に入っていった。

しかし、いくら待っても戻《もど》ってこない。運転手は女性《じょせい》が入っていった家のドアを叩《たた》く。家から出てきたのは、髪《かみ》に白いものが混《ま》じった中年女性《じょせい》だった。

運転手が事情《じじょう》を説明すると、中年女性《じょせい》は涙《なみだ》ながらに、こういった。

「それはきっと、一年前に亡《な》くなった私《わたし》の娘《むすめ》です」

彼女の娘《むすめ》が埋葬《まいそう》されているのは、タクシーが若《わか》い女性《じょせい》を乗せた霊園《れいえん》だという。

この日は、その娘《むすめ》の命日だった。

ゾッとしてタクシーに戻《もど》った運転手は、あることに気づいた。

後部座席《ざせき》のシートが、びっしょりと濡《ぬ》れていたのである。


「ひゃあ」

太田の口から情《なさ》けない声が出た。

「勘弁《かんべん》してくださいよ。タクシーのお仕事ができなくなっちゃいますよ」

「あはは、すいません。でもこれ、タクシーだけの話じゃないんです。アメリカにはヒッチハイクで乗せた人が消えちゃう、『消えるヒッチハイカー』っていう都市伝説もあるし」

「どこの国の幽霊《ゆうれい》も、歩くのは面倒《めんどう》なんですかねぇ」

「かもしれません。乗り物に乗る幽霊《ゆうれい》は、自動車が走るようになるずっと前の時代からある怪談《かいだん》ですし」

「そんな昔からあるんですか?」

「自動車の前は、馬車とか人力車の怪談《かいだん》だったんです。乗せた客が幽霊《ゆうれい》だったたってオチは変わらないいんですけど。——あ、でも、乗せた客が大きなヘビに変わってい た、なんて話もあったな」

運転中に蛇《へび》が首に絡《から》みつく想像《そうぞう》をし、ゾクリとした。

「しかし、さすが作家さん、お詳《くわ》しいですね」

「いろんなことを調べないといけない職業《しょくぎょう》ですから。わたしはお化け専門《せんもん》ですけど」

「オバケねぇ。タクシー業界で『オバケ』っていったら、遠距離《えんきょり》のお客さんのことなんですけどね」

「えっ。なんで『オバケ』なんですか?」

「目的地が遠距離《えんきょり》だとたくさん稼《かせ》げますから、私《わたし》たちにとってはうれしいお客さんです。でも、めったに出会えないので、『オバケ』」

「おもしろーい」女性《じょせい》は笑った。

「そういえば、お客さん。顔にお怪我《けが》をされているようですが」

「ああ、これですか」

女性《じょせい》は血のついた口元をさわる。

「写真を撮《と》るために、森の奥《おく》のほうまで入ったんです。でも、地面に根っことか大きな石とかあって、すごく歩きにくくて……」

「あら……それで転んじゃったんですか」

「いえ、転びそうで危《あぶ》なかったから、撮影《さつえい》はやめて帰ろうとしたんです。森から道路に出て、タクシーを呼《よ》ぼうとしたらスマホが繋《つな》がらなくって。ぜんぜん車も通らないし、どうしようって困《こま》っていたら、やっと車が来て――」

言葉が途切《とぎ》れ、女性《じょせい》はポカンとしている。

「お客さん？　どうされました？」

「……車が来て……それからわたし……どうしたんだっけ……」

ぶつぶつと呟《つぶや》きながらうつむくと、女性《じょせい》はまた黙《だま》り込《こ》んでしまった。

（車酔《くるまよ》いでもしたのかな。それとも怪我《けが》が痛《いた》み出《だ》したとか……）

心配でミラーごしにチラチラ見ていると、あることに気づく。女性《じょせい》の着ているワンピースが、煤《すす》でもこすりつけたように汚《よご》れている。それに、ところどころ破《やぶ》けて穴《あな》があいている。

ひどい姿《すがた》だ。こんなことになっているとは気づかなかった。

――いや、さっき見た時はこうではなかった。ワンピースも真っ白だった。

「あの、お客さん……」

うつむいたまま何も答えない女性《じょせい》のワンピースに、赤い色がじわりと滲《にじ》む。その赤い色は、どんどん広がっていく。

「ひぃっ！」

車内の空気が冷たくなっていく。

女性《じょせい》は、幽霊《ゆうれい》だったのだ。さっきまで彼女《かのじょ》は、自分が死んだことに気づいていなかった。でもたった今、思い出してしまったのではないか……。

(彼女《かのじょ》は私《わたし》をどうするだろう？　まさか、あの世に連れていくなんてことは……)

「冗談《じょうだん》じゃない！」

緊急用《きんきゅうよう》のスイッチを入れる。タクシーの屋根についている『行灯《あんどん》』が点滅《てんめつ》する。

SOSの信号だ。だが、車も人の姿《すがた》もないこの山道では無意味な行為《こうい》だった。

(車を捨《す》てて逃《に》げるか？　いや、ダメだ。きっと追ってくる。麓《ふもと》の町まで何キロもあるというのに、走って幽霊《ゆうれい》から逃《に》げ切《き》れるわけがない。すぐに追いつかれる)

チラリとルームミラーを見る。

女性《じょせい》の真っ白だったワンピースは、赤一色に染《そ》まっていた。

(このまま、彼女《かのじょ》の目的地のA駅まで向かうか？　——無理だ。それまで幽霊《ゆうれい》と二人きりだなんて、私《わたし》が耐《た》えられるわけがない。……そうだ！)

震《ふる》える手で無線機を摑《つか》み、口元に近づける。

「こちら六十六号車の太田、助けてください」

タクシー会社のオペレーターに、ひそひそ声で呼《よ》び掛《か》ける。無線機から「ザザッ」とノイズが漏《も》れ、オペレーターの女性《じょせい》が応《こた》えた。

『すいません、聞こえづらくて。もう少し大きい声でお願いします』

「こちら六十六号車。いま、R山の道を麓《ふもと》に向かって移動中《いどうちゅう》。まずい客を乗せてしまった……幽霊《ゆうれい》です」

『何号車ですって？　場所はどこですか？　何かトラブルですか？　音が割《わ》れて、

まったく聞こえません。もう一度、お願いします』

「六十六号車です！」

苛立《いらだ》って怒鳴《どな》ってしまった。

後ろの彼女《かのじょ》に気づかれてしまっただろうか。

こわくてルームミラーに目を向けられない。

『六十六号車、そういわれましたか？』

「そうだっていってるでしょ！　何度いわせるんですか！」

『いや、たぶん間違《まちが》ってますよ』

「は？　間違《まちが》い？　何がですか？」

『六十六号車は、事故《じこ》で廃車《はいしゃ》になっています』

「……事故《じこ》？」

『ええ。先週の火曜日です』

その日の深夜、R山を走行中だった六十六号車のタクシーが、霊園《れいえん》付近で通行人の女性《じょせい》をはねたあと、ガードレールに突《つ》っ込《こ》んだ。タクシーは完全に大破《たいは》。はねられた女性《じょせい》とタクシーの運転手の二名が死亡《しぼう》した。

『——ですから、六十六号車であるはずがないんです。それより、トラブルですか？　場所を教えてください』

太田はすべてを思い出していた。

「そうだ……そうだった……あの夜……」

あの夜も太田は、タクシーでR山の道を走っていた。

同僚《どうりょう》から聞いた幽霊《ゆうれい》の噂《うわさ》を思い出し、びくびくしながらハンドルを握《にぎ》って。

突然《とつぜん》、森からタヌキが道路に飛び出し、慌《あわ》ててハンドルを切った。

避《よ》けた先には、白いワンピース姿《すがた》の女性《じょせい》が立っていて——。

「なんてことだ……」

ルームミラーの中で、額《ひたい》から血を流した女性《じょせい》が太田を見つめている。

自分のことをはねた彼《かれ》を恨《うら》んでいる、そんな目で。

「私《わたし》は……いや、私たちはもう、あの夜に……死んでいたのか……」

AKUSYUMI
MUSEUM

大きな靴《くつ》下《した》

おや、こちらの展示《てんじ》にも関心を示《しめ》されるとは。
お客様は本当にお目が肥《こ》えてらっしゃいますね。
これは当館のオーナーが特別なルートを使って手に入れた、
この世に二つとない、不幸で、実に悪趣味《あくしゅみ》な一品なんです。
もちろん、ただの〈靴下《くつした》〉ではありません。片方《かたほう》しかありませんし、
靴下《くつした》にしてはサイズが大きすぎるでしょう？
こんな靴下《くつした》、はけたものではありません。
それも当然。これは、はくために作られた靴下《くつした》ではないのです。
しかも、もとから片方《かたほう》しか存在《そんざい》しなかったものなんです。
一年に一度、世界中の子どもたちが待ち遠しく思う日があります。
その日、子どもたちはこの靴下《くつした》の中に夢《ゆめ》をいっぱい詰《つ》め込《こ》みます。
たくさんの期待と喜《よろこ》びを――。

夢《ゆめ》とは時に破《やぶ》れるものですが、この靴下《くつした》に詰《つ》め込《こ》まれた子どもたちの夢《ゆめ》は、誰《だれ》であっても破《やぶ》ってはいけない、とても美しく純粋《じゅんすい》な夢《ゆめ》なのです。

ところが。

この靴下《くつした》を、よくご覧《らん》になってください。

ところどころ糸がほつれています。

破《やぶ》けて穴《あな》もあいているでしょう？

これでは、せっかく詰《つ》め込《こ》んだ夢《ゆめ》も、

みんなこぼれてしまいます。

この靴下《くつした》の持ち主は、いったいどんな夢《ゆめ》を

こぼしてしまったのでしょう。

こぼしてしまったのは、

夢《ゆめ》だけだったのでしょうか。

もうすぐ、楽しいうれしいクリスマス。

駅前が青いイルミネーションに染《そ》まって、たくさんの人でにぎわう光景も楽しいし、ケーキやチキンをたっぷり食べられるのもうれしいけど、なんといっても一番の楽しみはプレゼントだ。

でもシロウにとっては、それが大きな悩《なや》みでもあった。

彼《かれ》の家ではクリスマスの一週間前までに、欲《ほ》しいプレゼントを手紙に書いてサンタに出さなくてはいけない。

一週間前までと決まっている理由は、サンタにもプレゼントを準備《じゅんび》する時間が必要で、ぎりぎりになってから手紙を出してもプレゼントの準備《じゅんび》が間に合わず、欲《ほ》しいものがもらえなくなってしまうからだ。

もうクリスマス一週間前なのに、シロウはまだ手紙を出せていなかった。

「あれも欲《ほ》しいし、これも必要だし、あー、あれも絶対欲《ぜったいほ》しいよなぁ……おっと、あっぶね、これを書《か》き忘《わす》れるところだったよ、新しい自転車!」

欲《ほ》しいものが次から次へと出てきて、止まらない、止まらない。

だから、まだ手紙を出すことができなかった。欲《ほ》しいものは全部書いておかないと、あとで絶対《ぜったい》に後悔《こうかい》するから。

「でも、そろそろママに頼《たの》んで〈靴下《くつした》〉を編《あ》んでもらわないとな」

サンタはプレゼントを〈靴下《くつした》〉の中に入れてくれる。

だから、用意してもらう〈靴下《くつした》〉のサイズは、しっかりママに伝えないといけない。お願いしたプレゼントがもし〈靴下《くつした》〉に入らなかったりしたら、サンタはプレゼントを持って帰ってしまうかもしれない。

シロウが今年の〈靴下《くつした》〉のサイズを伝えると、ママは目をまん丸にして驚《おどろ》いた。

「そんなに大きな〈靴下《くつした》〉、ママには編《あ》めないわよ！」

いくら編《あ》み物《もの》上手のママでも、ベッドがまるごと入るくらい大きな〈靴下《くつした》〉は作れなかった。

「でも、それぐらい大きくないと困《こま》るんだよ」

「そんなに大きいプレゼントが欲《ほ》しいの？」

「ううん、たくさん、欲《ほ》しいものがあるんだ」

「たくさんって、どれくらい？」

「えっとねー、まず、ゲーム機の〈トイ・ステーション〉でしょ。〈忍者探偵《にんじゃたんてい》シュリ〉

のコミックス全巻《ぜんかん》でしょ、それから――」

シロウは指折り数えながら欲《ほ》しいものをいっていく。

「あと〈プチモン〉のトレカでしょ。あ、これはボックスセットね。あと自転車でしょ。それと――」

「待って、待って」とママは慌《あわ》てて止めた。

「なに？　まだまだあるんだけど」

「そんなにいっぱいはダメよ」

ママの言葉にシロウはきょとんとした。

「でも、欲《ほ》しいものはいっぱいあるんだ」

「それは誰《だれ》だって同じよ。どうしたのよ？　去年はプレゼント、一つだったでしょ」

「去年は去年。今年は欲《ほ》しいものがいっぱいあるんだ」

ママは「うーん」と頭を抱《かか》えてしまった。

「でもね、サンタにお願いできるプレゼントは、どの家でも一つって決まっているのよ」

「なんで？　どうせタダなんだから、みんなもっといっぱいお願いすればいいのに」

ママはまた「うーん」と頭を抱《かか》える。

「……あのね、サンタさんは世界中の子どもにプレゼントを配って回っているの。一人の子にそんなにたくさんあげていたら、荷物が多くなって配るのも大変でしょ」

「サンタがそういってるの？」

「サンタさんがそういってるのよ」

だから欲《ほ》しいものは一つに決めなさい、といわれた。

シロウは納得《なっとく》いかなかった。欲《ほ》しいものを一つに絞《しぼ》るなんてできるわけない。

「クリスマスは一年に一度しかないのに、たった一個《こ》しかプレゼントをくれないなんて、サンタって意外とケチなんだな」

次の日の夕方。

友だちと遊んで帰る途中《とちゅう》、シロウは一軒《けん》の家の前で立ち止まった。窓《まど》もベランダも庭も、家全体がクリスマスカラーのイルミネーションで光っていた。

「わあ、すげぇ」

玄関《げんかん》には、星やプレゼントボックスのミニチュアが飾《かざ》りつけられた大きなクリスマスツリーがあり、ドアにもきれいな花輪《リース》がかけられていた。

「どうだい？　きれいだろう？」

通りかかった外国人のおじさんに声をかけられた。

この家に住んでいる人だった。

アランさんというフランス人だ。

「これみんな、おじさんが飾《かざ》ったの？　すごいね」

「クリスマスは、一年でいちばん大きなイベントだからね。うちの子たちも今からもう大はしゃぎだよ。ボウヤはもう、サンタさんにプレゼントはお願いしたのかな？」

シロウは暗い顔になって首を横に振《ふ》った。

「ううん、まだ。欲《ほ》しいものがいっぱいあって迷《まよ》ってるんだ」

「ははは、楽しい悩《なや》みじゃないか。〈靴下《くつした》〉はもう準備《じゅんび》したのかい？」

「それがさ、すっごく大きな〈靴下《くつした》〉を作っててママにお願いしたら、あんまり大きいのはダメだっていわれちゃった」

アランさんは空が揺《ゆ》れるくらい大きな声で笑った。

「それはしかたがないな。もう少し小さい〈靴下《くつした》〉にしないとママが大変だ」

小さくなんてしたらプレゼントも小さいものを選ばなくちゃいけなくなる。それならもう〈靴下《くつした》〉になんて入れないで、そのままプレゼントをくれたらいいのに。

「そういえば、なんで〈靴下《くつした》〉なんだろ。おじさん、知ってる？」

「本当はね、〈靴下《くつした》〉じゃなくて、靴《くつ》だったんだよ」

「靴《くつ》？」

そういえば、クリスマス時期にはスーパーでお菓子《かし》の入っているブーツを見かける。

「おじさんの国のクリスマスは、畑の作物がたくさん実ったことを祝福するお祭りでもあったんだ。昔は暖炉《だんろ》の中に自分の靴《くつ》を入れておいて、朝になって見ると、靴《くつ》の中に果物が入っていたんだよ」

「えー、果物なんていらないよ」

「はっはは、今の子どもたちはオモチャのほうがいいだろうね」

「ねえ、おじさんの国でも、サンタは一個《こ》しかプレゼントをくれないの？」

「そうだね。サンタさんからのプレゼントは、一つだけだね」

「そっか、やっぱりサンタってケチなんだ」

「でもね、ボウヤ。この世にはプレゼントを一つももらえない子もいるんだよ」

シロウは驚《おどろ》いた。

子どもはみんな、サンタからプレゼントをもらえるものだと思っていた。

「君の知っているサンタさんは、トナカイの引く橇《そり》に乗った、とっても優《やさ》しいおじさんだろ？　でもそのサンタさんのモデルとなっている聖《セント》ニコラスには、いろんな伝承《でんしょう》があるんだ。たとえば、子どもにプレゼントをくれる優《やさ》しいおじさんってところは同じなんだけど、プレゼントをもらえるのは、いい子だけと決まっているとかね」

「え、悪い子にはくれないの？」

アランさんは頷《うなず》く。

しかも、悪い子にとっては、とても怖《こわ》い存在《そんざい》になるらしい。

「悪い子をさらってしまうんだよ」

聖《セント》ニコラスにはトナカイではなく、ロバのお供《とも》がいるという話もある。このロバは悪い子の魂《たましい》を飲《の》み込《こ》んで連れ去り、オナラにして出すらしい。

「あははっ、なにそれ、オナラ？　あははっ」

他にも〈鞭打《むちう》ちおじさん〉という怖《こわ》いお供《とも》も連れていることもある。靴《くつ》を置いたのが「悪い子」だと、このおじさんが靴《くつ》のそばに鞭《むち》を置いていく。

それはプレゼントなどではなく、警告《けいこく》の意味らしい。

「他の国には、子どもを食べてしまう、恐《おそ》ろしいお供《とも》を連れた聖《セント》ニコラスもいる。そんなサンタさんから比《くら》べれば、日本のサンタさんはとっても優《やさ》しいよね」

「ほんとだね」

「だから、ケチなんていっちゃだめだよ。いくら優《やさ》しいサンタさんでも、怒《おこ》ったら怖《こわ》いかもしれないからね」


家に帰ったシロウは、欲《ほ》しいものをびっしり書いたサンタへの手紙を破《やぶ》り捨《す》て、新たに書き直すことにした。

「あんまり大変なことを頼《たの》んだら、悪い子だと思われるかもしれないもんな。でも……」

やっぱり、欲《ほ》しいものを一つに決めるなんて無理だ。

「……そうだ！」

シロウは名案を思いつく。

お金だ。サンタから、お金をもらえばいい。お金があれば、欲《ほ》しいものは全部買える。それに欲《ほ》しいもののお願いも、〈お金〉の一つだけになる。〈靴下《くつした》〉だって、そんなに大きくなくてもいい。ナイスアイデアだ。

『たくさんお金をください』

そう書いた手紙を自分の部屋の窓際《まどぎわ》に置き、ママの編《あ》んでくれた〈靴下《くつした》〉を壁《かべ》に掛《か》けた。

手紙は気づくとなくなっていた。サンタが持っていったのだ。

クリスマス・イヴの夜。

早く朝が来るようにと早めにベッドに入ったが、そわそわして眠《ねむ》れなかった。ちゃんと眠《ねむ》らないとサンタは来ないとママからいわれていたのに。

「やっぱり、〈トイ・ステーション〉って書いておけばよかったかな」

お金をお願いするなんて、ちょっと反則《はんそく》だっただろうか。

そんな反則《はんそく》をするのはズルい子で、ズルい子は悪い子なんじゃないのか。サンタの怖《こわ》いお供《とも》にさらわれてしまうような、悪い子なんじゃないのか。

そんなことを布団《ふとん》の中で考えていると。

ミシッ。

床《ゆか》を踏《ふ》むような音がし、シロウは息を止めた。部屋の中に誰《だれ》かが入ってきたような気配がある。

ママかパパだろうか。それとも――。

眠《ねむ》っているふりをして、そっと薄目《うすめ》を開ける。暗い部屋に大きな袋《ふくろ》を担《かつ》いだ人影《ひとかげ》がある。この影《かげ》はママでもパパでもない。

――サンタだ！　あの袋《ふくろ》にプレゼントが入っているんだ。

でも影《かげ》はもう一つある。そっちは、箒《ほうき》みたいに細い体だ。もしかしたら、サンタのお供《とも》の〈鞭打《むちう》ちおじさん〉かもしれない。

サンタのほうの影《かげ》がゆっくりベッドに歩《あゆ》み寄《よ》ってくる。

シロウは緊張《きんちょう》した。その影《かげ》は、寝《ね》ているシロウの顔を覗《のぞ》き込《こ》んできた。

赤いとんがり帽子《ぼうし》に白いひげ。にっこりとした顔。

――うわあ、本物のサンタだ。

眠《ねむ》ったふりがバレないよう、慌《あわ》ててギュッと目をつぶる。

「メリークリスマス。ありがとう、ボウヤ」

耳元でささやかれた。サンタがベッドから離《はな》れたのがわかった。

また薄目《うすめ》を開けて見ると、サンタはまだ部屋にいて、壁《かべ》のそばでもぞもぞと動いている。壁に掛けた〈靴下〉にプレゼントを入れているようだ。

でも、どうして『ありがとう』といわれたんだろう。プレゼントをくれるほうがお礼をいうなんて変だなと思った。

なんにしても、悪い子だとは思われなかったようで良かった。

安心したら、急に眠気《ねむけ》がやってきた。

翌朝《よくあさ》、目が覚めるとサンタはいなくなっていた。

さっそく〈靴下《くつした》〉の中を見た。シロウの口から「おおおお」と声がもれた。

「ちゃんと手紙を読んでくれたんだ」

〈靴下《くつした》〉の中には一万円札が五枚《まい》も入っていた。これで欲《ほ》しいオモチャや本がたくさん買える。

「ママー！　パパー！　見て見てー！」

一万円札が五枚《まい》入った〈靴下《くつした》〉を掲《かか》げるように持ってリビングに走った。

「すごいんだよ、サンタがお金をくれ――あれ？」

リビングがしーん、としている。いつもの朝なら、テレビではニュースをやって
いて、仕事に行く前のパパが新聞を読んでいて、天気予報《よほう》も見ていて、そんなパパ
にママはコーヒーをいれたり朝ご飯の準備《じゅんび》をしたりしていて――。

でも、今朝のリビングはテレビも消えていて、ママとパパの姿《すがた》も消えている。

「うう……ううう……」

「ぐうう……うう、ううう……」

どこからだろう。唸《うな》るような声が聞こえてくる。

声のするほうへおそるおそる近づいていくと、ソファの後ろに二匹《ひき》の芋虫《いもむし》がいた。

目を真っ赤に充血《じゅうけつ》させて、もぞもぞぐねぐねと動いている。

芋虫《いもむし》じゃない。ママとパパだ。

両手両足を縛《しば》られ、タオルの猿《さる》ぐつわを噛《か》まされている。

今日は楽しいうれしいクリスマス。
そうなるはずだったのに――。

シロウの家の前でチカチカとまわりを照らすのは、クリスマスのイルミネーションではなく、パトカーの赤い回転灯だ。警察《けいさつ》の人たちが、シロウの部屋の窓《まど》を見て何かを話しあっている。

その窓《まど》には一枚《まい》の紙が貼《は》られていた。紙にはこう書かれている。

『**サンタさん　ここからどうぞ**』

家には煙突《えんとつ》がないから入るのは大変だろうと、シロウは窓《まど》のカギを開けておき、この貼《は》り紙《がみ》を外から見えるように窓《まど》ガラスに貼《は》っておいたのだ。

少しでも、「いい子」だと思ってもらえるように。

家の前に集まっている人たちは、近所に住んでいる人たちと野次馬だ。だからクラッカーを鳴らしたり、「メリークリスマス！」と祝いの言葉を交《か》わしたりしない。

昨夜の〝サンタ〟は、金庫の中身をみんな持っていってしまった。

たった一晩《ひとばん》でシロウの家は全財産《ぜんざいさん》を失ってしまった。

お願いしたプレゼントはもらえたけれど。

今夜はケーキもチキンも食べられそうにない。

きっと、来年も再来年《さらいねん》も、シロウにサンタは来ないだろう。

AKUSYUMI
MUSEUM

ブロッケンの悪魔《あくま》

ご観覧《かんらん》のところ、失礼いたします。
お見受けしたところ、こちらの展示《てんじ》が気になっておいでのようで。
さようでございますか。
たいへん珍《めずら》しいものでございましょう？
数ある展示《てんじ》の中でも、こちらは当館の目玉の一つです。
一つ、おたずねしてもよろしいでしょうか。
お客様には、〈思い出せない思い出〉というものはございますか？
人の記憶《きおく》とは不思議なものです。
さっきやろうとしていたことを忘《わす》れてしまうこともあれば、

何十年も前のささいな出来事を
こまかい部分まで覚えていることもございます。
どうでもいいことは覚えていても、
大切なことほど忘《わす》れることもある。
記憶《きおく》をつかさどる脳《のう》は、何を基準《きじゅん》に、
覚えるか覚えないかを決めるのでしょう。
こちらに展示《てんじ》しております、一枚《まい》の写真。
その四角い枠《わく》の中の光景は、
正しい記憶《きおく》なのでしょうか。

……


この写真は昨年の夏、Aさんが友人らとG県のキャンプ場で撮《と》った一枚《まい》だ。

バーベキューを楽しんでいる思い出の一場面。

だが、楽しそうなAさんたちの中に、見知らぬ顔があった。

暗い表情《ひょうじょう》をしたその女性《じょせい》は、はっきりと写《うつ》り込《こ》んでいる。

『彼女《かのじょ》はこの地をさまよっている霊《れい》なのだろうか……』


「ハッ、くっだらない」

テレビの心霊《しんれい》特番を見ていたコウキは鼻で笑った。

彼《かれ》はお化けも幽霊《ゆうれい》も信じていなかった。そんなものがいれば「見た」という人がもっとたくさんいてもいいはずだ。でも、写真や動画のような画面ごしにしか姿《すがた》を見せていない。

本当にいるなら、堂々《どうどう》と出てくればいいのだ。幽霊《ゆうれい》のほうから積極的に「いること」をアピールするべきだ。もし自分が幽霊《ゆうれい》なら絶対《ぜったい》にそうする。つまり、この世にそういうものは存在《そんざい》していないということなのだ。

「こんなのさぁ、写真を撮《と》る時にたまたま一緒《いっしょ》に写っちゃった人だよね」

「んー？　ああ、そうかもなあ」

おじいちゃんは頷《うなず》くと、湯呑《ゆの》みのお茶をズズッとすすった。夕食後はいつもこうして、寝《ね》る時間までおじいちゃんと二人でテレビを見る。

お母さんもお父さんも、ここにはいない。お父さんは出張中《しゅっちょうちゅう》でしばらく家に帰ってない。お母さんは、リビングのお仏壇《ぶつだん》にある写真の中で笑っている。だから、せっかくの夏休みだけど、どこにも行かず、ずっとうちにいる。

ずっと、おじいちゃんと二人きりだ。そんな毎日はさびしいし、とても退屈《たいくつ》だけど、しかたがなかった。

「それにさ、もし霊《れい》がいるんなら、お母さんもどこかにいるってことでしょ？　いるんなら、ぼくに会いに来てくれるはずだよ。夕ご飯、一緒《いっしょ》に食べようって来てくれるはずだよ」

「そうだなあ」

おじいちゃんはニッコリしたままお仏壇《ぶつだん》を見て、こう続ける。

「でも今頃《いまごろ》は、あっちの世界で、のんびりしてるんだろうなぁ」

心霊《しんれい》動画を流しはじめたテレビを、コウキはキッと睨《にら》みつける。

「ぼくさ、UFO《ユーフォー》とか宇宙人《うちゅうじん》は信じてるんだよ。宇宙《うちゅう》は広いもん。ぼくらだけしかいないって考えのほうが不自然だからね。でも幽霊《ゆうれい》はインチキだ。こんな写真や動画も、みんなニセモノ。ぼくは自分の目で、はっきり見ないと絶対《ぜったい》に信じないよ」

そうだよなあ、とおじいちゃんは笑顔《えがお》で頷《うなず》く。

「お父さんはどうかな。聞いてみたいな。この番組、見てるかなぁ」

「どうかねぇ、今頃《いまごろ》、出張先《しゅっちょうさき》で見ているかもなぁ」

「はやく出張《しゅっちょう》から帰ってこないかな。また、山に連れていってほしいな」

学生時代に登山部だったお父さんは、今でも年に何度か山登りに行く。趣味《しゅみ》が写真なので、いろんな山のいろんな景色を撮《と》って、気に入った写真をパネルにして自分の部屋に飾《かざ》ったりもしている。

出張《しゅっちょう》から戻《もど》るとすぐに山登りの計画を立て、まだ登ったことのない山へ行く。コウキも何度も連れていってもらっているが、お父さんの山登りは本気の山登り。小学校で行く遠足とは真剣《しんけん》さが違《ちが》うのだ。

「いいかコウキ。**山は、いくつも顔を持っている。**いつもは優《やさ》しい山も急に怖《こわ》くなる時もある。油断《ゆだん》すると大怪我《おおけが》をする。だから、どんな山も登るのなら真面目に、真剣《しんけん》にやるんだ。お父さん、山では厳《きび》しくするからな。覚悟《かくご》しておけよ」

そうはいっても、自分がいつも登っているような険《けわ》しい山へは、コウキを連れては行かなかった。まだ小学生だ。安全な山を選び、安全なルートで登ってくれた。

そうしてくれていることはコウキにもわかっていた。

だから山を登る時は、お父さんのいいつけは必ず守った。いわれたとおりに装備《そうび》はしっかり整え、家を出る前にリュックの中身もチェックした。水筒《すいとう》、雨具、お弁当《べんとう》、絆創膏《ばんそうこう》、汗《あせ》をかいた時のための着替《きが》え。誕生日《たんじょうび》に買ってもらった登山靴《とざんぐつ》もはいた。

コウキの体力のことを考え、ロープウエーのある山を選んでくれた。

途中《とちゅう》までロープウエーで行ってから山頂《さんちょう》を目指した。去年もそうだった。

「あれ？」

何かを思い出した。去年、登った山で何かがあったような気がする。

でも、なんだったか。

「えっと、あの日はたしか——」

——————。

そうだ。出発はまだ空が薄暗《うすぐら》い早朝だった。

家から車で二時間半。着いた頃《ころ》には空は雲一つない快晴《かいせい》で山登り日和《びより》だった。ゆるやかな傾斜《けいしゃ》が続く山道で、風も陽射《ひざ》しも気持ちがよかった。

だが山頂《さんちょう》に着いたら、急に白い煙《けむり》のようなものがあたりに出てきた。

霧《きり》だ、とお父さんはいった。

「地上の空気が山の斜面《しゃめん》を昇《のぼ》って上空で冷えると、晴れていても山の中に霧《きり》が出るんだ」

そういうものなんだとお父さんが教えてくれた。視界《しかい》が悪い中、山を下りるのは危険《きけん》だ。一、二時間待てば霧《きり》は晴れるから、食事でもとって体力をつけておこうと、お父さんが準備《じゅんび》を始めた時だった。

霧《きり》がさらに濃《こ》くなってきた。少し先の霧《きり》の中に灰色《はいいろ》の何かがある。

それは見上げるほどに大きな人影《ひとかげ》だった。

大きな人影《ひとかげ》はコウキをじっと見下ろしていた。

「う、うわあっ、お、お、お化けだあああっ！」

コウキはパニックになって、その場から逃《に》げ出《だ》した。

――・

「そうだ……お化けだ……」

——あの時、見てしまったんだ。

そんなものいるわけないって、まるで信じていなかったのに。そんなものを信じて怖《こわ》がっているクラスメイトたちを笑ってバカにしてたのに。

でも、あれは見間《み》違《ま》い《ちが》なんかじゃなかった。お化けだった。見た瞬間《しゅんかん》にゾッとして、とても怖《こわ》くなって頭がパニックになった。

「でも、なんで今まで……忘《わす》れてたんだ？」

あんなすごい体験を忘《わす》れるなんて絶対《ぜったい》に変だ。その後のことも何も覚えてない。

——お化けを見た後、ぼくはどうしたんだっけ？　見たのはぼくだけだったのかな。お父さんは見てないのかな。お化けの話なんて、お父さんとしたことないもんな。じゃあ、あの日のことは話してないのか……？　どうして、ぼくはお父さんに話さなかったんだ？

その日のことを、少しずつ思い出してくる。でも記憶《きおく》の大部分がぼんやりしている。まるで記憶《きおく》にも霧《きり》がかかったみたいに。どうして、今まで忘《わす》れていた？　記憶《きおく》がとんでしまっていたのか。あの日のことをお父さんに聞きたい。

出張《しゅっちょう》から帰ってくるのはいつだろう。

「どうした？　コウキ」

おじいちゃんが不思議そうな顔を向けていた。

「うん、実はさ――」

コウキはさっき思い出したばかりの記憶《きおく》について話した。おじいちゃんは真剣《しんけん》な表情《ひょうじょう》でうんうんと頷《うなず》き、こう答えた。

「まず、コウキの見たものは**〈ブロッケンの悪魔《あくま》〉**だろうな」

「ブロッケン？　お化けじゃなくて、悪魔《あくま》なの？」

「呼《よ》び方《かた》は、なんでもいいんだ」

〈ブロッケンの悪魔《あくま》〉――それは本物のお化けや悪魔《あくま》ではない。太陽の光を受けた自分の影《かげ》が、雲や霧《きり》に映《うつ》り込《こ》んでできる自然現象《げんしょう》だという。

「人が立てるはずのないところに影《かげ》が現《あらわ》れたり、異様《いよう》な大きさの人影《ひとかげ》が立ったりする。これを自然現象《げんしょう》だと知らない昔の人たちは、山に棲《す》む悪魔《あくま》や妖怪《ようかい》の仕業《しわざ》だと信じていたんだ」

ドイツにあるブロッケンという山で目撃《もくげき》されたことから、〈ブロッケンの妖怪《ようかい》〉〈ブロッケンの悪魔《あくま》〉、あるいはただ、〈ブロッケン現象《げんしょう》〉ともいわれるという。

「確《たし》かめるには、その〝お化け〟を見たら、自分が動いてみるんだ。すると、その〝お化け〟も自分と同じ動きをする。自分の影《かげ》なんだからな」

「じゃあ、あの時に見た大きな人影《ひとかげ》も、それだったんだ」

ホッとした。やっぱり、お化けなんてものは、この世にいないのだ。

でも、もう一つ疑問《ぎもん》が残っている。

「ぼく、なんでそのことを忘《わす》れてたんだろ」

「それはもっと簡単《かんたん》な理由だ。**脳《のう》だよ**」

あまりにショッキングなことが起きると、脳《のう》はその記憶《きおく》を隠《かく》すことがある。これは自身を守るための脳《のう》の働きで、きっとコウキの脳《のう》は、あまりに怖《こわ》い体験をしたものだからコウキが思い出さないよう、上手に記憶《きおく》を隠《かく》してくれていたのだ。

「でもその記憶《きおく》は消えたわけじゃあない。何かのきっかけがあると、今回のように蘇《よみがえ》ってしまうこともある。しかし、怖《こわ》がらなくてもいい。別にコウキの体《からだ》に異常《いじょう》なことが起きたわけじゃないんだ」

おじいちゃんはすごいなと、コウキはあらためて思った。

お父さんよりも学校の先生よりも長く生きているから、なんでも知ってるんだ。

その日の晩《ばん》。もう見たい番組もないし、お風呂《ふろ》にも入ったし、マンガでも読みながら寝《ね》ようと自分の部屋に向かっていた。部屋は廊下《ろうか》のいちばん奥《おく》で、その途中《とちゅう》にお父さんの部屋がある。

そういえば――とお父さんの部屋の前で足を止める。

お父さんは〈ブロッケンの悪魔《あくま》〉の写真を撮《と》っていないだろうか。いつも山へ行くと百枚《まい》以上の写真を撮《と》っている。珍《めずら》しい自然現象《げんしょう》が目の前に現《あらわ》れたのなら、絶対《ぜったい》撮《と》っているに違《ちが》いない。心霊《しんれい》番組のうさんくさい写真よりも迫力《はくりょく》があるはずだ。

お父さんの部屋に入る。出張中《しゅっちょうちゅう》、おじいちゃんが掃除《そうじ》をしているからよく片付《かたづ》いている。壁《かべ》には山で撮《と》った写真のパネルが何枚《なんまい》も掛《か》かっている。

パネルにしなかった何百枚《なんびゃくまい》もの写真はアルバムに入れていたはず。本棚《ほんだな》をさがしてみるが、山のガイドブックやカメラの雑誌《ざっし》ばかりで写真のアルバムはない。それどころか本棚《ほんだな》はスカスカだった。

「前は本棚《ほんだな》の中にアルバムがいっぱいあったのに。どこかにしまったのかな」

クローゼットの中を見るとマジックで「アルバム」と書かれた段《だん》ボール箱《ばこ》がある。

ガムテープで封《ふう》をされているので、どうしようかと迷《まよ》ったが、写真を見たらもっと当時のことを思い出せるかもしれない。丁寧《ていねい》にテープを剝《は》がして、箱を開いた。

箱の中にはアルバムが何十冊《なんじっさつ》も入っていた。

いちばん上に載《の》せられているアルバムを手に取る。明らかに古い。中身は山の写真ではなく、赤《あか》ん坊《ぼう》の写真だ。コウキが生まれたばかりの頃《ころ》のものだ。

その下のアルバムも見ると、幼稚園《ようちえん》の砂場《すなば》で遊んでいるところや、小学校の入学式の写真が出てきた。コウキの歴史《れきし》だ。

山の写真のアルバムも出てくる。お父さんとお母さん、そしてコウキの三人とで撮《と》ったものもある。この頃《ころ》は家族三人で山へ行っていた。懐《なつ》かしかった。

しばらくは、三人で撮《と》った山の写真が続くが、途中《とちゅう》でお母さんの姿《すがた》がなくなる。病気で死んでしまったからだ。

そこからは、お父さんと二人の写真ばかりになる。山の写真が多いが、コウキの誕生日《たんじょうび》の写真もある。そういう写真には、お母さんの遺影《いえい》も一緒《いっしょ》に写っていた。お母さんの霊《れい》はまったく写っていなかった。

時間も忘《わす》れてアルバムを見続けた。

そして、段《だん》ボール箱《ばこ》の底に残った最後の一冊《さつ》を手に取る。

これも中身は山で撮《と》った写真だ。ロープウエーの窓《まど》から撮《と》ったこんもりした森。緩《ゆる》やかな山道。晴れわたる空を背《せ》に笑顔《えがお》でピースをするコウキ。写真を見ていくと霧《きり》がかかっていた記憶《きおく》が少しずつはっきりしてきた。

間違《まちが》いない。このアルバムに入っているのは去年、お父さんと登った時の山の写真だ。このまま見ていけば、霧《きり》の中の〝悪魔《あくま》〟の写真もあるはずだ。

山頂《さんちょう》で撮《と》った写真が出てきた。展望台《てんぼうだい》があり、ベンチがあり、危険《きけん》な場所には柵《さく》がある。写真はここで終わっている。

空っぽの写真ポケットの透明《とうめい》フィルムに、細字のマジックでこう書かれている。

『ブロッケンの悪魔《あくま》にコウキをころされた』

『すまない。山のことをもっと話しておくべきだった』

——ころされた？　ぼくが？

——なんで？　どうして？

——〈ブロッケンの悪魔《あくま》〉に？

ページの端《はし》に小さく書かれている。

『平成五年　七月三十日　コウキ　十一歳《さい》』

三十年前の日付だ。去年の写真のアルバムに、どうしてそんな昔の日付を書いたのだろう。

「見てしまったか、コウキ」

振《ふ》り返《かえ》ると部屋の入り口におじいちゃんが立っていた。

「思い出せないなら、そのままでいいと思っていたんだがな……」

「おじいちゃん、何かを知ってるの？」

おじいちゃんは頷《うなず》くと、ゆっくりとした語りで話し出した。

「あれは忘《わす》れもしない、三十年前の七月三十日の金曜日。……コウキ、お前は父親と二人で山登りに行ったんだ」

父親は険《けわ》しい山ばかりを選んで登っていた。険《けわ》しければ険《けわ》しいほど、頂上《ちょうじょう》に着いた時の達成感が大きいからだ。

だが、それは一人で登る時に限《かぎ》った。コウキと二人で登る時は、標高が低く難所《なんしょ》のない、安全な山を選んだ。怪我《けが》でもしたら、二度と山へは来ないだろう。

コウキには山登りを好きになってほしい。自分の足で頂《いただき》に立つ。そこで得《え》た達成感はきっと人生の大きな宝《たから》になる。

あの日は、コウキと二人で行く五度目の山登りだった。天候も気温もちょうどよく、山の機嫌《きげん》もよく見えた。小刻《こきざ》みに休憩《きゅうけい》を挟《はさ》みつつ順調に登っていき、午前中に展望台《てんぼうだい》のある頂上《ちょうじょう》に着く。

すると山は急に機嫌《きげん》をそこね出す。霧《きり》が出始めたのだ。霧《きり》の中を移動《いどう》するのは安全な山道とはいえ危険《きけん》はゼロではない。なにより、頂上《ちょうじょう》からの光景をコウキに見てほしかった。達成感を得《え》てほしい。

だから、霧《きり》が晴れるまで動かずに休んでいくことにした。

「少し早いが飯にしよう」

返事ではなく、コウキの叫《さけ》び声《ごえ》があがった。

霧《きり》に大きな人影《ひとかげ》が映《うつ》り込《こ》んでいる。すぐに〈ブロッケンの悪魔《あくま》〉だとわかった。

コウキはパニックになっている。

「落ち着け！　大丈夫《だいじょうぶ》だ！　それは自分の影《かげ》だ！」

そう伝えたかったがコウキの叫《さけ》び声《ごえ》にかき消された。壊《こわ》れたような叫《さけ》びをあげながら、コウキは闇雲《やみくも》に走って霧《きり》の中に見えなくなる。

父親は慌《あわ》てて追いかけた。しかし、追いかけた先にコウキの姿《すがた》はなく、転落防止《ぼうし》の柵《さく》があった。柵《さく》の向こうに道はなく、眼下《がんか》に森が広がっている。

父親は膝《ひざ》からくずおれる。柵《さく》はパニックになった我《わ》が子《こ》の死《し》に物狂《ものぐる》いの逃走《とうそう》を妨《さまた》げるには低すぎたのだ。

数時間後、レスキュー隊により、コウキの遺体《いたい》が回収《かいしゅう》された。転落死だった。

父親は二度と山登りはしなかった。毎日、悲しみにくれていた。

十年、二十年と月日が過《す》ぎて――。

ある日、味気ない夕食を食べながらぼんやりテレビを見ていると、誰《だれ》かがそばにいる気配がする。テーブルの向かいにコウキが座《すわ》っていてテレビを見ている。

驚《おどろ》きはしなかった。昔《むかし》は毎日のように見ていた光景だったからだ。それから夕食時になるとコウキが現《あらわ》れるようになった。初めの頃《ころ》はただ、まっすぐテレビを見ているだけだったが、思い切って話しかけてみたら、言葉を返してくれた。

コウキは自分が死んでいることに気づいていないようだ。

もし、自分が死んでいることに気づいたら――。

コウキは二度と現《あらわ》れなくなるかもしれない。

父親は自分の部屋の本棚《ほんだな》からアルバムをすべて片付《かたづ》けた。

「そういうわけなんだよ、コウキ」

「……ぼくが、死んでる？」

コウキは自分の手を見る。ある。手はある。足もある。

窓《まど》を見る。ない。自分の姿《すがた》が、窓《まど》ガラスに映《うつ》っていない。幽霊《ゆうれい》？　嘘《うそ》だ。そんなものは、この世にいるわけがないんだ。

「なにいってんだよ、冗談《じょうだん》はやめてよ、おじいちゃ――」

――**おじいちゃん？　おじいちゃんって？　だれ？**

ここにいるおじいちゃんは、自分の知っているおじいちゃんじゃない。お父さんのお父さんでもないし、お母さんのお父さんでもない。

じゃあ、どこのおじいちゃんと今まで一緒《いっしょ》に暮《く》らしていたんだ？

「コウキ……わたしはおまえのおじいちゃんではない。わたしはお前の――」

お父さんなんだ。

涙《なみだ》を流しながら告《つ》げる〝おじいちゃん〟は、コウキが〈ブロッケンの悪魔《あくま》〉を見た、あの日から三十年後のお父さんの老いた姿《すがた》だった。

AKUSYUMI
MUSEUM

誰《だれ》も持てない宝《ほう》石《せき》

お客様に一つお詫《わ》びがございます。

そちらの展示《てんじ》ケースに、何も展示《てんじ》されていないことについてです。

そこには、世界に一つしかないたいへん貴重《きちょう》なものが入る予定でした。

当館の展示品《てんじひん》は、いずれも入手困難《こんなん》なものばかりです。

こちらに展示《てんじ》予定の品は、

その中でももっとも入手難易度《なんいど》が高いのです。

それゆえ、本日の展示《てんじ》に間に合いませんでした。

決して、入手の努力をおこたったわけではございません。

当館のオーナーは、ずっと捜《さが》しておりました。

お客様がお生まれになる、ずっと前、そのさらに遥《はる》か昔から――。
世界中から情《じょう》報《ほう》を集め、手間も時間もお金も惜《お》しまず。
あらゆる手を尽《つ》くしたのです。
しかしながら、その所《しょ》在《ざい》はいまだわからないのです。
ああ、どうか、そのような哀《かな》しいお顔は
なさらないでください。
展《てん》示《じ》品《ひん》はございませんが、
お客様にご満足いただけるような
お話はございますので。

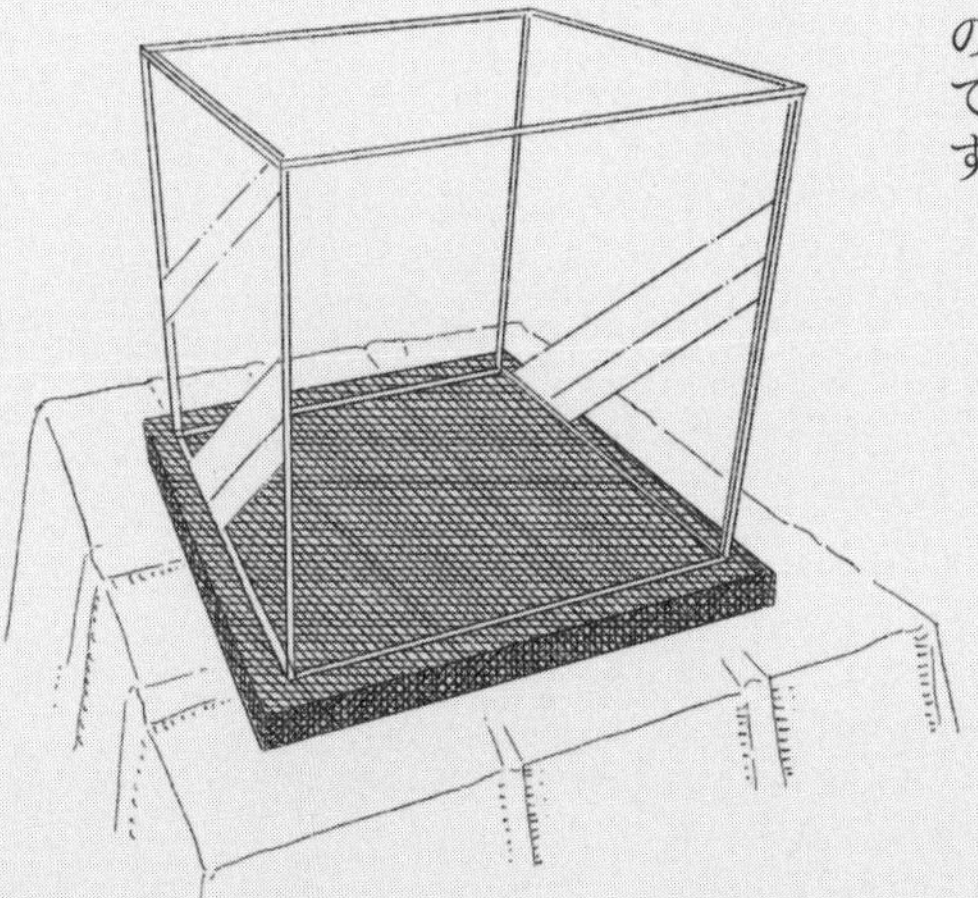

少女の名はアリナ。きらきらした、きれいなものが好き。とくに宝石《ほうせき》が大好きだ。キャンディのようなカラフルな宝石《ほうせき》が好きだ。

でも、子どもには宝石《ほうせき》なんて買えない。

だから、たくさんの宝石《ほうせき》の写真が載《の》っている、宝石図鑑《ほうせきずかん》を買ってもらった。ぼろぼろになるまで読んだ。大人よりも宝石《ほうせき》に詳《くわ》しくなった。

「アリナの将来《しょうらい》の夢《ゆめ》は宝石屋《ほうせきや》さんかな」

なんて両親はいうけど、売りたいんじゃなくて自分が欲《ほ》しいのだ。それにお店で売っているような宝石《ほうせき》ではなく、博物館に展示《てんじ》されているようなレベルの宝石《ほうせき》が欲《ほ》しかった。

でも、そんな宝石《ほうせき》は大人になったって手に入れることはむずかしい。アリナの家は大金持ちではないし、ママは野菜が高くなったわとスーパーでため息をついているし、パパは節約だといって家の電気を消してまわる、そんな普通《ふつう》の家だ。今のままではアリナは一生、宝石《ほうせき》なんて持つことはできない。

だから将来《しょうらい》の夢《ゆめ》は「女王様」になることだった。国で一番のえらい人になって、大きなお城とたくさんのお金を持っていれば、世界一の高価《こうか》な宝石《ほうせき》だって、きっと簡単《かんたん》に手に入れられる。

「わたし、ぜったいに女王様になるから」

数十年後、アリナは某国《ぼうこく》の女王になった。

もちろん、簡単《かんたん》にはなれなかった。そうなるために、たくさんの人を利用し、騙《だま》し、裏切《うらぎ》り、操《あやつ》って、必要がなくなれば切《き》り捨《す》てた。国の旗はダイヤモンドの絵柄《えがら》にした。この世でもっとも硬《かた》い石。その名は「征服《せいふく》しがたい」を意味し、「不滅《ふめつ》」「勝利に導《みちび》く」「敵《てき》に打ち勝つ」といった力を持つといわれているからだ。

彼女《かのじょ》は国民からしぼり取った金で豪華《ごうか》な宮廷《きゅうてい》に住み、世界中から様々な宝石《ほうせき》を買い集めた。ルビー、サファイア、エメラルドにダイヤモンド。大好きな宝石《ほうせき》に囲《かこ》まれる日々。

でも、そんな日々にもだんだん飽《あ》きてきてしまった。どんなにきれいで大きくて高価《こうか》な石も、女王の力をもってすれば手に入る。

「フン。簡単《かんたん》に手に入るものなど、なんの価値《かち》もないわ」

アリナが今、一番欲《ほ》しいもの。それは、いくらお金を積んでも買えない、この世に一つしかない宝石《ほうせき》だ。

「おそれながら女王陛下《へいか》。〈呪《のろ》われた宝石《ほうせき》〉などはいかがでしょう」

ある日、お抱《かか》えの宝石商《ほうせきしょう》が、こんなことを教えてくれた。

持てば必ず災《わざわ》いを招《まね》くという宝石《ほうせき》があるのだと。

「もっとも知られているのは〈ホープ・ダイヤモンド〉でしょう」

この青いダイヤモンドを所有した者は、不運な事故《じこ》に遭《あ》う、流行病《はやりやまい》にかかる、自ら命を絶《た》つなど、必ず不幸な最期《さいご》を遂《と》げた。そして、このダイヤを迎《むか》え入《い》れた家はたちまち没落《ぼつらく》し、有力者は地位を失い、国を動かす者が持てば、その国は衰退《すいたい》したといわれている。

これまでに多くの人々の手に渡《わた》ってきたが、誰《だれ》も持ち続けることができず、現在《げんざい》はアメリカの博物館が所蔵《しょぞう》しているという。

「おおお。それだ。わらわは、そのダイヤが欲《ほ》しい！　色や大きさで価値《かち》のつけられた石など、もう飽《あ》きた。持てば災《わざわ》いが降《ふ》りかかる石――よいではないか！」

「あなた様のお力があれば、すぐ手に入りましょう。ですが、一つ残念なお知らせもあります。このダイヤのまわりで起こった〈呪《のろ》い〉が原因《げんいん》とされた不運、その大部分が後世で作られた創作《そうさく》らしいのです」

「作り話だと？　ならばいらぬ。わらわは真の〈呪《のろ》われた宝石《ほうせき》〉が欲《ほ》しいのだ」

「では、**〈誰《だれ》も持つことができなかった石〉**はいかがでしょう」

「持つことができない？　それはどんなものだ？」

「女王陛下《へいか》が欲《ほっ》しておいでの、真の呪《のろ》いがかかった石です」

「それも作り話ではあるまいな」

「わたくしども宝石商《ほうせきしょう》の間で伝説となっている石です。作り話ではございません」

このような話があります、と宝石商《ほうせきしょう》は語った。


『——ある国に、なによりも宝石《ほうせき》の好きな、とても欲深《よくぶか》い女王がいました。

彼女《かのじょ》はたいへん派手《はで》好きで、そして自慢屋《じまんや》でもありました。

玉座《ぎょくざ》のひじ掛《か》けにのせた手には、様々な色形の石の指輪をつけていました。そのうえ、首には何重にも首飾《くびかざ》りをかけ、腕《うで》が上がらないほどブレスレットもたくさんつけていたので、家臣たちは陰《かげ》で彼女《かのじょ》を〈歩く宝物庫《ほうもつこ》〉と呼《よ》んでいました。

毎晩《まいばん》、王宮ではパーティーが開かれました。女王は、それ一つで島が買えるほど高価《こうか》な宝石《ほうせき》を何百とちりばめたドレスを着て、「美しい」「すばらしい」という言葉をたくさん浴びました。それらの褒《ほ》め言葉の頭に「世界で一番」をつけなければ、彼女《かのじょ》はひどく不機嫌《ふきげん》になりました。彼女《かのじょ》は、自分が「一番」でなければ許《ゆる》さず、その座《ざ》を奪《うば》うおそれのある者は、どんな手段《しゅだん》を使ってでも排除《はいじょ》しました。

もっと注目を浴び、もっと褒《ほ》めたたえる言葉《ことば》を聞きたい女王は、もっともっと珍《めずら》しい宝石《ほうせき》が欲《ほ》しくなりました。

この国には、アゴンという名の宝石職人《ほうせきしょくにん》がおりました。その技術《ぎじゅつ》はすばらしく、世界中に名が轟《とどろ》くほど。彼《かれ》の手にかかれば、その石は美しさを最大限《さいだいげん》に引き出されるのです。アゴンは弟子《でし》たちに、いつもこういっていました。

「石は掘《ほ》り出《だ》した時のままでは輝《かがや》かない。素人《しろうと》が見たら普通《ふつう》の石ころに見える石もたくさんある。私《わたし》たちはその石にふさわしい形を与《あた》え、その姿《すがた》を飾《かざ》るドレスを作るのだ」

石にとってカットや研磨《けんま》はとても重要です。それで輝《かがや》きと価値《かち》が変わるからです。輝《かがや》きを増《ま》すため、たとえ貴重《きちょう》な石でも、職人《しょくにん》は大きく削《けず》り落《お》としてしまうのです。

また、石の輝《かがや》きを映《は》えさせる装飾《そうしょく》も大切です。どんな指輪も首飾《くびかざ》りも、石の輝《かがや》きが増《ま》すような模様《もよう》を金属《きんぞく》に刻《きざ》んでいます。この技術《ぎじゅつ》を彫金《ちょうきん》といいます。

アゴンは石加工と彫金《ちょうきん》、どちらの技術《ぎじゅつ》も世界でトップレベルでした。

鍛冶《かじ》の技術《ぎじゅつ》も上がったことから、金・銀などの鉱石《こうせき》と宝石《ほうせき》を加工した〈宝飾品《ほうしょくひん》〉が作られるようになった、この時代。王族《おうぞく》・貴族《きぞく》たちはこの〈持ち歩ける財産《ざいさん》〉を自身の権威《けんい》の象徴《しょうちょう》として身につけました。アゴンの工房《こうぼう》で作られた装飾品《そうしょくひん》は世界中の貴族《きぞく》に愛されました。

このアゴンの工房《こうぼう》に、女王は兵を遣《つか》わし、こう命じさせました。

『この世に一つしかない石をさがせ』

『その石を使って、女王陛下《へいか》にふさわしいものを作り、献上《けんじょう》せよ』

『指輪でも首飾《くびかざ》りでも耳飾《みみかざ》りでも、美しければなんでもよい』

『誰《だれ》も見たことのない、誰《だれ》もが驚《おどろ》く、この世で唯一《ゆいいつ》のものを作るのだ』

『これは女王陛下《へいか》からの命令である。拒否《きょひ》の選択《せんたく》はない』

女王はなんの罪《つみ》もないアゴンの妻《つま》を捕《と》らえると、城の地下にある牢獄《ろうごく》に入れました。女王の望むものを献上《けんじょう》するまでの人質《ひとじち》として。理不尽《りふじん》な要求ですが、従《したが》わねば妻《つま》の命がありません。アゴンは従《したが》いました。

まず、この世に一つしかない石をさがすため、各地の鉱山《こうざん》の持ち主に掛《か》け合《あ》いました。彼《かれ》らも見たことのない石が採《と》れたら、ぜひ譲《ゆず》ってほしいと頼《たの》んだのです。いくらでも金は出すと。

しかし、どれだけ待っても、それほどの希少な石は見つかりません。

あまりに見つからないので、アゴンも鉱山《こうざん》に入り、つるはしをふるいました。一日でも早く妻《つま》を地下牢《ちかろう》から出すために。元の暮《く》らしに戻《もど》るために。

それでも、石はまったく見つかりません。

もう、無理かもしれないと弱気になっていた、ある日。

奇跡《きせき》が起きました。

アゴンのもとに、とても珍《めずら》しい石が見つかったという連絡《れんらく》があったのです。

「おお……これは……」

たしかにそれは、これまで見たことのない石でした。

目的の石は見つかりました。次は、この石をどう加工すれば「女王陛下《へいか》にふさわしい」一品《いっぴん》にできるか悩《なや》みます。自慢《じまん》の宝石《ほうせき》コレクションをすべて身につけ、〈歩く宝物庫《ほうもつこ》〉と陰《かげ》で呼《よ》ばれて馬鹿にされている、そんな女王にふさわしいものとは？

悩《なや》みに悩《なや》みぬいて、アゴンは思いつきました。


数か月後。アゴンは献上品《けんじょうひん》を持って王宮を訪《おとず》れました。

「女王陛下《へいか》、たいへんお待たせいたしました。こちらでございます」

アゴンは宝石箱《ほうせきばこ》を女王に献上《けんじょう》しました。

「世界に一つだけの石を見つけたのだな。石の名はなんという」

「名はありません。初めて見つかった石なのですから」

「ならば、命名する名誉《めいよ》をお前に授《さず》ける」

「ははっ。ありがたき幸せ。では、海のような深い青みを帯びた石なので、伝説の大海の獣《けもの》――〈レヴィアタン〉と名付けましょう」

アゴンは見事な装飾《そうしょく》のあるカギも渡《わた》しました。

「こちらが箱のカギになります。このカギでしか開けることはできませんので、どうか大切に保管《ほかん》してください」

「そうか。では後でじっくり鑑賞《かんしょう》するとしよう。ごくろうであった。帰ってよいぞ」

「あ、あの女王様、わたくしの妻《つま》は――」

女王は部下の兵士《へいし》に目で合図しました。兵士《へいし》は頷《うなず》くと「ついてこい」といいました。

アゴンが連れていかれたのは城の地下牢《ちかろう》ではありませんでした。

城から離《はな》れた、さびしい場所にある小さな墓地《ぼち》。アゴンの妻《つま》は、牢獄《ろうごく》の中で亡《な》くなっていたのです。泣《な》き崩《くず》れました。叫《さけ》びました。何度も拳《こぶし》を地面に叩《たた》きつけました。

「おのれ、女王め……恨《うら》むぞ……呪《のろ》ってやる……この国を破滅《はめつ》させてやる……」

恨《うら》みの言葉をこの世に遺《のこ》し、アゴンは崖《がけ》から海に飛《と》び込《こ》みました。

呪《のろ》いが通じたのでしょうか。

その晩《ばん》、女王は死んでしまいました。

アゴンの宝石箱《ほうせきばこ》は女王陛下《へいか》とともに埋葬《まいそう》されました。その後、宝石箱《ほうせきばこ》は墓荒《はかあ》らしによって盗《ぬす》まれました。やがて、国も滅《ほろ》んでしまったということです。


「――以上が、その石について語られている伝説です」

アリナは興奮《こうふん》に打《う》ち震《ふる》えました。

「それだ……。わらわの求める宝石《ほうせき》は、その――」

〈破滅《はめつ》のレヴィアタン〉。わたくしどもの業界では、そう呼《よ》ばれています」

「どんなことをしても手に入れたい。いったい、どのような美しい宝飾品《ほうしょくひん》なのか。指輪か、首飾《くびかざ》りか、耳飾《みみかざ》りか。ええい、胸《むね》が高鳴っておさまらぬ――決めたぞ。わらわはなんとしても、〈破滅《はめつ》のレヴィアタン〉を手に入れる」

アリナは兵士《へいし》たちに命じ、その幻《まぼろし》の石の入った箱の行方《ゆくえ》をさがさせた。

盗《ぬす》んだ物は普通《ふつう》の店では売買できない。泥棒市場《どろぼういちば》で売られたはずだ。

世界中の泥棒市場《どろぼういちば》の調査《ちょうさ》をさせるために兵士《へいし》たちを送《おく》り込《こ》んだ。

闇社会《やみしゃかい》に通じる者からも情報《じょうほう》を得《え》た。彼《かれ》らは決して協力的ではないし、簡単《かんたん》に情《じょう》報《ほう》を渡《わた》さない。なぜなら、〈破滅《はめつ》のレヴィアタン〉は闇社会《やみしゃかい》でも知られており、手に入れたがっている者もいたからだ。そのほとんどが大富豪《だいふごう》のコレクターやマフィアのボスだ。彼《かれ》らは皆《みな》、箱を売った、買った、見た、聞いた——そんな不確《ふたし》かな噂《うわさ》を追って世界中を巡《めぐ》り、気が遠くなるくらいの時間と金を使った。

情報《じょうほう》を手に入れるためなら、アリナも金と時間は惜《お》しまなかった。

手段《しゅだん》も選ばなかった。必要とあれば命も奪《うば》った。さがしはじめてから、どれくらい年月が経《た》っただろうか。

「情報《じょうほう》を買ってくれやせんか」

昔、ある国の泥棒市場《どろぼういちば》の支配人《しはいにん》だったという男が王宮を訪《たず》ねてきた。その男は〈破滅《はめつ》のレヴィアタン〉の箱を売買したことがあるのだという。

彼《かれ》は〝特別に〟女王陛下《へいか》との謁見《えっけん》を許《ゆる》された。

「あの箱を売ったことがあるというのは、まことか？」

「おそれ多くも女王陛下《へいか》、すべてをお話しいたしやす。こういうわけでして——」

数年前、美術品《びじゅつひん》コレクターを名乗る一人の老紳士《ろうしんし》が彼《かれ》の元を訪《おとず》れ、〈破滅《はめつ》のレヴィアタン〉を売ってほしいといってきた。

「もちろん、初めは断《ことわ》りました。それが高く売るコツですからね。これは売る気はないよとゴネると、相手がどれくらい欲《ほ》しいかが態度《たいど》でわかるんでさァ。ですがね、そいつに売るしかなかったんです。事情《じじょう》を聞いたら、そいつが買うしかないと思ってしまったんでさァ」

その老紳士《ろうしんし》の名を聞けば、貿易《ぼうえき》の仕事で財《ざい》をなした誰《だれ》もが知る大富豪《だいふごう》。あらゆる芸術品《げいじゅつひん》を集めている、世界で五本の指に入るコレクターでもあった。

しかも驚《おどろ》くことに、**〈破滅《はめつ》のレヴィアタン〉を作った男——アゴンの子孫だった。**

ある時、自分の先祖《せんぞ》が作った〈破滅《はめつ》のレヴィアタン〉の存在《そんざい》を知った彼《かれ》は、どうしても手に入れたいと思った。その願望の強さは夢《ゆめ》に見るほどで、それから何十年もさがし求めた。

売ってくれるならば金もコレクションも、屋敷《やしき》以外の全財産《ぜんざいさん》を渡《わた》すと老紳士《ろうしんし》はいった。断《ことわ》る理由はなかったという。

「金も魅力《みりょく》でしたが、どうせ箱は開かないだろうと売ったんです。というのも、その箱にはカギが付いていなかったんです。何でできているのか、どのような技術《ぎじゅつ》を使って作ったかはわかりやせんが、その宝石箱《ほうせきばこ》はとても硬《かた》くて、どんな方法でも壊《こわ》せなかったんですよ。その老紳士《ろうしんし》はね、それでもいいっていうんでさァ。開かなくてもいいんだってね」

そして、その老紳士《ろうしんし》は約束どおり、ほとんどの財産《ざいさん》を彼《かれ》に渡《わた》し、箱を受け取って帰った。


だが、泥棒市場《どろぼういちば》の男は後に気づく。

あの老紳士《ろうしんし》は自分を、箱を作った職人《しょくにん》の子孫だといっていた。ならば、その箱を開けるカギの設計図《せっけいず》を持っていたのではないか――。

「なァにが、『開かなくてもいい』だ。職人《しょくにん》を雇《やと》って、その設計図《せっけいず》どおりにカギを作らせれば、あの箱を開けられるんです。ならもう少し、もらってもいいんじゃねぇかって思いやして――いえね、もらった金はすぐ、ギャンブルでみんなスッちまって、懐《ふところ》が空っぽだったんです。で、その老紳士《ろうしんし》のお屋敷《やしき》まで行ったんでさ」

だが、屋敷《やしき》には誰も住んでいなかった。

付近の住人から聞いた話では、屋敷《やしき》の主人は自らの命を絶《た》っていた。泥棒市場《どろぼういちば》で箱を買った数日後の夜、アゴンと同じように崖《がけ》から海に身を投げて。

『開けてはいけなかった。この絶望《ぜつぼう》の箱と、その箱を開く鍵《かぎ》は、私《わたし》が海に持っていく』

遺書《いしょ》にはそう書かれていたという。

「――そうなんです。箱とカギは、海の底に沈《しず》んじまっていたんです。わたしは破産《はさん》し、あの老紳士《ろうしんし》も箱を手に入れた数日後に死んじまった。へへ、ありゃあ、本物の呪《のろ》われた宝石《ほうせき》、破滅《はめつ》を呼《よ》ぶ石ってことなんでしょうねェ。それで、つい先日です。女王陛下《へいか》がその箱をおさがしだと耳にしやして、この情報《じょうほう》を買っていただけないかと――」

「ごくろうであった。褒美《ほうび》をとらそう」

男を処刑《しょけい》した。箱をさがしている他の者にも彼《かれ》は情報《じょうほう》を売るだろう。誰《だれ》にも渡《わた》すつもりはなかった。

また年月が経《た》ち――。

側近である大臣が、アリナの前にひざまずく。

「女王陛下《へいか》に申し上げます。……たいへん長らくお待たせいたしました」

「なんだ？　――まさか」

「はい。〈破滅《はめつ》のレヴィアタン〉をお持ちしました」

「おおお、おおおお、この日を、その言葉を、どれだけ待ちわびたことか」

泥棒市場《どろぼういちば》の男から話を聞いた後、すぐに老紳士《ろうしんし》の飛《と》び込《こ》んだ海をさがさせた。しかし、時間が経《た》ちすぎていた。遠くに流されてしまったのか、何年かけても見つけることはできなかった。

海は広大だ。小さな箱と、もっと小さなカギを見つけることなど不可能《ふかのう》だ。

それでも、女王はあきらめなかった。何百隻《なんびゃくせき》もの船を出し、何万人もの潜水士《ダイバー》を使って捜索《そうさく》を続けた。多くの時間と金を費《つい》やした。資金《しきん》が足りなくなれば、どんな方法を使ってでも金を集めた。そのためには残酷《ざんこく》で愚《おろ》かな選択《せんたく》もしてきた。その結果、彼女《かのじょ》のまわりには誰《だれ》もいなくなった。残ったのはこの側近と、元の千分の一の数になった兵士《へいし》だけ。

国の財《ざい》はとっくに底をついた。国民からさらに税金《ぜいきん》をしぼり取ると、反乱《はんらん》が起きた。彼女《かのじょ》が、女王の座《ざ》から失脚《しっきゃく》する日も近かった――。

「こちらにございます」

側近は青みがかった石の箱と金属《きんぞく》の小さなカギを差し出した。

「……ニセモノではなかろうな」

「間違《まちが》いなく本物にございます」

「――ふふ、ふふふ、何が〈呪《のろ》われた宝石《ほうせき》〉だ。すべてを失い、今は王位も失いつつあるが、そんなことは、わらわにとって不幸ではない。あの〈破滅《はめつ》のレヴィアタン〉が、この手中にあるのだからな。これ以上の幸福はないわ、ハハハハハ!!」

「――おそれ多くも女王陛下《へいか》。その箱を――どうか、お開けにならないことを望みます」

「……? 何を申しておる」

「呪《のろ》いが――恐《おそ》ろしゅうございます。女王陛下《へいか》、貴方様《あなたさま》は自分が不幸ではないと申された。ですが今、もっとも恐《おそ》れるべき呪《のろ》いが起きようとしています」

大臣はそう伝えると、ベッドに寝《ね》ているアリナに手鏡を向ける。鏡に映《うつ》るのは高齢《こうれい》の女性《じょせい》。十年前から寝《ね》たきりになっているアリナであった。

「貴方様《あなたさま》は、この石を手に入れるためだけの人生を過《す》ごし、今ではすっかりお年を召《め》されました。そして大病を患《わずら》い、日に日にお体は病魔《びょうま》にむしばまれ……医者の見立てによれば、もう今日、明日の命なのですぞ」

〈破滅《はめつ》のレヴィアタン〉の呪《のろ》い。それは、欲《ほっ》する者の人生が喰《く》らい尽《つ》くされることだった。石を手に入れたいがため、地位や財産《ざいさん》だけでなく、自身の人生の時間のほとんどを失う。

「〈レヴィアタン〉とは、渦《うず》と波を起こす大海の怪物《かいぶつ》。鏡の中をよくご覧《らん》ください。波が幾重《いくえ》にも重なるように貴方様《あなたさま》のお顔には無数の皺《しわ》が刻《きざ》まれた。そのようなお姿《すがた》になって、何もかもを失ったうえ、あれほどまでに夢見《ゆめみ》た幻《まぼろし》の宝石《ほうせき》を一度も見ることのないまま――」

「何をいう！　石はあるではないか！　たしかに年をとった。死病も患《わずら》い、わらわは今夜か明日にはこの世を去るだろう。だが、これは死の前に見る幻《まぼろし》ではない。誰《だれ》も持つことのできなかった宝石《ほうせき》を、わらわはこの後すぐ、この目で見て、触《ふ》れることになる。わらわの命が尽《つ》きたら、この箱の中にある美しき石を、ともに墓《はか》に入れるのだ。よいな」

「お待ちください。どうか、どうか、わたくしの話を聞いてください」

「ええい、わらわには、もう時間がないのだ！」

カギをさして回す。錆《さび》を噛《か》むような音がして錠《じょう》が開く。箱のふたを開ける。

箱の内側には何本もの溝《みぞ》が入った紫色《むらさきいろ》のベルベットのクッションが詰《つ》められている。溝《みぞ》は指輪をはめこむためのものだろう。

しかし、〈破滅《はめつ》のレヴィアタン〉どころか、箱の中に宝飾品《ほうしょくひん》は一つもない。

「……ない……ではないか……ないではないかぁッ！　あああああ」

「女王陛下《へいか》、貴方様《あなたさま》は〈破滅《はめつ》のレヴィアタン〉が硝子《ガラス》や水晶《すいしょう》のように透《す》き通《とお》った美しい石だと想像《そうぞう》されたのでしょう。この石を追い求めた他の者たちも同じです。海神の蒼《あお》き涙《なみだ》、夢《ゆめ》の輝《かがや》きをたたえた滴《しずく》――そのような幻想的《げんそうてき》な輝《かがや》きを抱《いだ》く石の姿《すがた》を思い描《えが》いていたのではありませんか？　しかし、貴重《きちょう》な石が必ずしも、そのような美しさを持つものではありません」

大臣がこの箱の真実を知ったのは二年前だった。

伝説の宝石職人《ほうせきしょくにん》アゴンが、未知の鉱石《こうせき》を手に入れたのは事実である。しかしそれは「美しい」という言葉からはほど遠い、透明感《とうめいかん》のまるでない、青黒い石炭のような鉱石《こうせき》だった。だから指輪や首飾《くびかざ》りには使えなかった。

その石で彼《かれ》が作ったのは、この宝石箱《ほうせきばこ》だった。考えた末、宝石箱《ほうせきばこ》こそが女王にふさわしい物だと判断《はんだん》したからだ。

「どんなに美しく高価《こうか》な石も、つけ方でまるで印象《いんしょう》が違《ちが》います。自慢《じまん》げに、ありったけの宝石《ほうせき》を身につけた姿《すがた》は強欲《ごうよく》で醜《みにく》く、さぞかし下品に見えたことでしょう。せっかく見事な宝飾品《ほうしょくひん》であっても台無しです。指輪は手に一つでいい。それで十分に美しいのです。他の指輪は、この箱に入れて大切に保管《ほかん》してほしい。

〈宝物庫《ほうもつこ》〉は歩くべきではない――アゴンはそれを伝えたかったのではないでしょうか」

アリナは答えることはなかった。

どこからか飛んできたハエが、大きく見開いた彼女《かのじょ》の眼球《がんきゅう》にピタッと止まる。叫《さけ》んだ時にはずれた下顎《したあご》は、胸《むね》に届《とど》くほどダラリと下がって――。

その顔色は破滅《はめつ》の青色に変わり果てている。

絶望的《ぜつぼうてき》な表情《ひょうじょう》のまま、アリナは事切れていた。

閉館《へいかん》のご挨拶《あいさつ》

いかがでしたでしょう。
当館の展示《てんじ》は、お気に召《め》していただけたでしょうか。
――そうおっしゃっていただけますと当館のオーナーも喜《よろこ》ばれます。
これらの品々は、オーナーが各地を巡《めぐ》って見つけてきたものです。
これらを手に入れるため、様々なものを差し出しました。
あらゆる形で支払《しはら》いました。たくさん失いました。
それもすべて、他者の不幸や絶望《ぜつぼう》を手に入れたいがため。
多くの人々には、オーナーの趣味《しゅみ》をご理解《りかい》いただけません。
ですから、顔を歪《ゆが》めて、こうおっしゃいます。
品の良くない趣味《しゅみ》だ。

悪趣味《あくしゅみ》だと。

ところでお客様。
お気づきになりましたでしょうか。
こちらの展示《てんじ》をご覧《らん》になっている時。
お客様に変化が起きていらしたのを。
ええ。それはもう。
とても、素敵《すてき》な笑《え》みを浮《う》かべておられましたよ。
失礼がございましたら申《もう》し訳《わけ》ありません。
お客様は、オーナーと同じご趣味《しゅみ》をお持ちの方とお見受けしました。
本日は、ご来館いただき、ありがとうございました。
またのお越《こ》しを心よりお待ちしております。
新たな悪趣味《あくしゅみ》な物語と、笑顔《スマイル》をご用意して——。

[著者略歴]

黒史郎《くろしろう》

小説家。ホラーものを得意としており、
実話怪談なども数多く執筆している。
アニメやゲーム関係の仕事も多数行っている。

装画　AU
挿絵　akko.
装丁　小口翔平＋畑中茜（tobufune）
組版　津浦幸子（マイム）

5分で

ゾッとする結末

世にもこわい博物館

よにもこわいはくぶつかん

二〇二四年七月二三日 第一刷発行

著者 黒史郎《くろしろう》
発行者 森田浩章
発行所 株式会社講談社
東京都文京区音羽二－一二－二一
郵便番号 一一二－八〇〇一
電話 出版 〇三－五三九五－三五三五
販売 〇三－五三九五－三六二五
業務 〇三－五三九五－三六一五

印刷所 共同印刷株式会社
製本所 大口製本印刷株式会社

KODANSHA

N.D.C. 913 174p 19cm
ISBN978-4-06-535660-9